世界兒童文學經典

天鵝的喇叭

THE TRUMPET OF THE SWAN

著者／艾爾文·布魯克斯·懷特
(Elwyn Brooks White)
插圖／愛德華·弗拉斯欽諾
(Edward Frascino)
譯者／陳次雲

超凡脫俗的文學故事

台灣大學外文系　陳次雲

　　這是一部把奇異的幻想，和眞實的細節巧妙雜揉在一起的小說。一隻名叫路易士的喇叭手天鵝，天生是個啞巴，他得到小男孩畢山姆的幫助，上公立小學學會讀和寫。老天鵝，他的父親，則從樂器店搶了一把喇叭送給他，來彌補他先天的缺陷。路易士從此勤練喇叭；他起先在一個夏令營中當號手，一季賺了一百元。其次他在波士頓的天鵝船工作，每週賺一百元。路易士在波士頓聲名大躁，報紙競先報導，費城有個經紀人魯凱斯打電報給他，以週薪五百元聘他到一間夜總會當喇叭手。扣除一成傭金外，每週賺四百五十元。

　　路易士在費城期間，住在費城動物園的鳥湖，上下班則由計程車接送。在鳥湖裡和心儀已久的雌天鵝西琳娜邂逅，用吹喇叭的方法，向他的愛人傾訴愛慕，終於結成連理。路易士和美國著名的爵士喇叭手路易士·阿姆斯壯(1900～1971)同名，因爲學會吹人間的喇叭，終於成爲一隻名副其實的喇叭手天鵝。這一切十分離奇，經作者懷特娓娓道來，卻令人覺得發展得極自然，

並合情合理。

　　這部小說的基本結構是最通俗的才子佳人小說，並以大團圓作結尾。但它最不俗的地方是男女主角都不是人，而是鳥。以鳥為主角來寫小說，需要有豐富的想像力和高明的寫作技巧，才不會令人覺得突兀好笑。懷特正好充分具備這兩個條件。已故臺大外文系教授吳魯芹對懷特推崇備至。他寫了一本叫《英美十六家》的書，介紹英美現代十六位大作家，懷特是其中之一。吳教授對懷特情有獨鍾，在介紹懷特時特別引《文心雕龍·風骨第二十八》上這句話：「唯藻耀而高翔，固文筆之鳴鳳也！」放在卷首來讚美他，意思是說懷特文章的風格超凡脫俗，像百鳥中的鳳凰。吳教授認為在當代美國散文家中，懷特無疑是「魯殿靈光」，是碩果僅存的散文大家。又說他在四十年前初讀懷特的文章時，可以套用「一見鍾情」這句俗話來形容，得到一種寧靜的喜悅。更難得的是這種喜悅，竟持續了四十年，而且歷久彌堅。

　　懷特擅長性格的刻劃。他把公天鵝，路易士的父親，寫成一隻很自負又愛炫耀的鳥。母天鵝，路易士的母親，性格正好相反；她是一位沈默寡言，精明能幹的婦人。下面這段對話是個好例子：

　　「一切順利嗎？」她問道。

「很好，」他說：「一次不得了的冒險。我被射中了，完全跟你的預言相符。店東拿槍對我開火，我感覺左肩一陣痛徹心肺的劇痛——左肩，我一向認為是我雙肩裡更美的一邊。血從我的傷口如急流奔瀉，我便高雅地墜落到人行道上，就地將錢交出而恢復了我的榮譽和清白。我到了鬼門關前，萬眾雲集，血流滿地。我感到昏眩就當眾人威風凜凜地失去知覺。警察來了——他們來了好幾打。狩獵管理員成群蜂擁到現場，而關於錢，當時有一場劇烈的辯論。」

「假如你已不省人事，這些事情你怎麼都全知道呢？」他的妻子問道。

這真是「夫人不言，言必有中。」路易士也有一個很突出的性格。他樂觀進取又少年老成。例如在費城時，他的經紀人魯凱斯要替他保管錢袋，他就婉謝了，似乎知道巧言令色的人不可靠。三隻天鵝各有各的個性；公天鵝和母天鵝相敬如賓，是一對好夫妻，也是路易士的好父母。父天鵝為路易士兩次冒險去比林斯，路易士則為償還父親的債務努力賺錢。懷特把這個故事說得充滿了親子之間的溫情。

懷特是一位幽默作家，他的幽默輕靈雋永，一不小心便可能錯過了。這也許需要舉幾個小例子來說明：第一、路易士是一隻喇叭手天鵝，卻需要真的學會吹人間的喇叭，才能成為一隻名副其實的喇叭手天鵝，這件事

是繞了一大圈又回到原地，頗為幽默的。第二、在第四章，畢山姆用望眼鏡觀察公天鵝時，母天鵝指出透過望遠鏡，一切顯得近些又大些，公天鵝一聽就很高興，希望他在畢山姆眼裡顯得比原來大，這是暗用英文成語 larger than life（比原物大）來刻劃公天鵝的愛慕虛榮，這是輕描淡寫卻入木三分的寫法。第三、在第十一章末，懷特提起一個叫蘋果門，不喜歡鳥的小男孩。他說：「他睡了，他在打鼾。不喜歡鳥的人常打鼾。」他似乎在勸告讀者要愛鳥，但他的勸告是不合邏輯的，因為打鼾和愛不愛鳥沒有任何關係。說不合邏輯的話是他的幽默方法之一。

懷特在為小說中人物取名時頗見巧思，也富幽默感。最明顯的例子當然是天鵝路易士，他和美國家喻戶曉的爵士喇叭手路易士・阿姆斯壯同名。讀者得到這種提示，有了心理準備，就較容易相信路易士會吹喇叭這件神奇的事。在第二十章，當狩獵管理員、警察、和樂器店店東為錢發生爭執時，有個高大的人走前來，自稱他是法官雷基熊(Judge Ricketts)。他的姓和佝僂病(rickets)同音，患這種病的人身材矮小，《金瓶梅》裡的武大可能患過這種病。身材高大的法官卻偏偏姓雷基熊，姓名和身材極不協調，這會造成滑稽的效果。又同章有個小男孩名叫Alfred Gore，他的姓名和「害怕凝結

的血塊」音相近，這小孩和美國現任副總統同姓，本應譯成高爾，爲了音義兼顧，所以譯成高忌雪，雪者血也。

目　　次

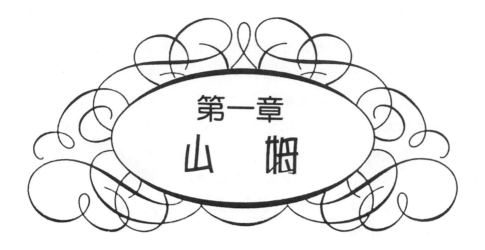

第一章
山姆

經過沼澤走回營地的途中，山姆一直在想要不要把他看見的東西告訴他的父親。

「有件事我確定，」他對自己說：「明天我要再回到那小池塘，而我又喜歡獨自一個人去。假如我把今天看見的告訴父親，他就會想要和我一同去。我想那不是一個好主意。」

山姆十一歲，他姓畢。就他的年紀來說，他算長得壯。他有一頭黑髮和兩顆黑眼珠，像一個印地安人。山姆走路也像一個印地安人，一腳前一腳後，像條直線，所發出的聲音也很輕。他經過的沼澤是一片荒地——沒有小路，腳底下軟趴趴的，走起來很吃力。每隔四、五分鐘，山姆從袋裡拿出指南針來核對，以便確定他朝西方走。加拿大地方大，大部分地區是荒野；因此，在加拿大西部的森林和沼澤中迷路，可說是一件嚴重的事。

在吃力往前走時，這男孩滿腦是他看見的奇景。世界上沒有幾個人能看到一隻喇叭手天鵝的巢；但就在今

春的這一天，山姆在荒涼的池塘上發現了——他看見兩隻大白鳥，有細長的白頸和黑喙。他一生所看見的東西給他的感覺，都不能跟他在那荒蕪的小池塘上，看到那兩隻大天鵝的感覺相比。天鵝比他看見過的鳥大得太多了，巢也很大，宛如由一堆樹枝和雜草堆成的小丘。母鳥正在孵蛋；公鳥則從容往來悠游，以便保衛她。

山姆抵達營地時，又累又餓，他看見父親正準備炸兩條魚當午餐。

「你到哪裡去了？」畢先生問道。

「探險，」山姆答道：「我走到離這裡約一哩半外的一個池塘去，也就是我們來時從空中看見的那一個。不大——跟這裡的這個大湖相比，實在差太多了。」

「你在那邊看見了什麼？」他的父親問道。

「哦，」山姆說：「池塘裡有很多蘆葦和菖蒲。我想不會是釣魚的好地方。而且不容易去……你得先越過一片沼澤地。」

「看見什麼了嗎？」畢先生又問道。

「我看見一隻麝香鼠，」山姆說：「和幾隻紅翅山鳥。」

畢先生從柴爐上抬起頭來。魚在平底鍋裡炸得嗤嗤響。

「山姆，」他說：「我知道你喜歡探險。但別忘了，這些森林和沼澤跟蒙大拿家裡附近的地方不一樣。要是你再到那池塘去，小心別迷了路。我不喜歡你越過沼澤地。沼澤地危機四伏，你可能走進一個濕軟的地方

陷下去，旁邊卻不會有人拉你出來。」

「我會小心的。」山姆說，他深知他會回到天鵝所在的池塘去，但也不想在森林裡迷路。當然，他慶幸並沒把看見天鵝的事告訴父親；但這樣做，他心裡也覺得怪怪的。

山姆不是一個狡猾的孩子，但有一點與眾不同：他喜歡把心事藏在心裡。他又喜歡獨來獨往，尤其是他在森林裡的時候。他喜歡在蒙大拿甜草郡父親的牧場上生活。他愛他母親。他愛「公爵」——他的趕牛小馬。他愛騎馬到牧場各處跑。他也愛看每年夏天到畢家牧場來作客的人。

但他生活中最喜歡的事，還是跟父親一起到加拿大露營。畢太太不喜歡森林，所以很少一起去——通常只有山姆和畢先生。他們開車到邊境，並過境進入加拿大。過了境，畢先生就雇一名森林飛行員載他們到營地的湖濱，去那兒釣魚、遊蕩、探險幾天。畢先生大都是去釣魚和遊蕩，而山姆則是探險。然後飛行員會回來載他們離開這兒，他的名字叫矮冬瓜。當他們聽見他的引擎聲時，就會跑出來揮手，看他如何滑翔下湖面，再慢慢把飛機滑行到碼頭邊上。這些日子就是山姆生活中最愉快的日子。

在森林中的日子，遠遠的離開一切——沒有汽車，沒有人群，沒有噪音，沒有學校，沒有家庭作業，更沒有問題。除了迷路，他沒別的問題。當然，還有他長大要做什麼的問題，那是每個男孩都會碰上的問題。

那天傍晚晚餐後，山姆和他父親坐在門廊下休息。山姆正看著一本關於鳥的書。

「爸，」山姆說：「你想，從現在起一個月左右後，我們會回營地嗎？我是說大約三十五天前後。」

「我想會的，」畢先生答道：「我當然希望會。但為什麼是三十五天？三十五天有什麼特別的意思嗎？」

「啊，沒有啦，」山姆說：「我只是想三十五天後這裡會很好。」

「我沒聽過這麼奇怪的話，」畢先生說：「這裡天天都很好。」

山姆走進屋裡。關於飛禽他懂得很多，他知道一隻天鵝需要約三十五天來孵化她的蛋。他希望小天鵝出殼時，他能到池塘看他們。

山姆有本日記──一本關於他日常生活的冊子。這本便宜的筆記簿一直放在他的床頭。每夜，在睡前，他會在簿子裡寫字。他寫他做過的事情、見過的東西、想過的念頭。有時他畫一幅圖。他總是以問自己一個問題來作結束，以便入睡時有事情可以想。在他發現天鵝巢的這一天，山姆日記裡是這樣寫的：

「今天我在營地東邊的一個小池塘上，看見一對喇叭手天鵝。母鵝巢裡有蛋。我看見三個，但我要在圖裡畫四個──我想她要生另一個了。這是我一生最偉大的發現。我沒告訴爸爸。我的鳥書上說小天鵝叫『幼鵠』。我明天會再去看那些大天鵝。今天我聽見一隻狐的叫聲。為什麼一隻狐要叫？

是不是他瘋了？擔憂？飢餓？還是想送消息給另一隻狐？爲
什麼一隻狐要叫？」

山姆闔上他的筆記簿，脫衣服，爬進他的床鋪，閉
上眼睛躺著想——爲什麼一隻狐要叫？不到幾分鐘他就
睡著了。

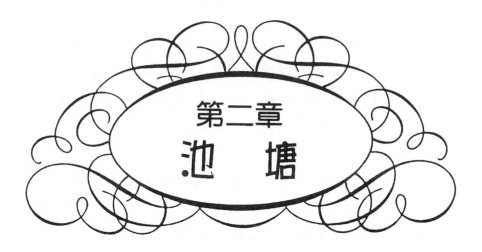

第二章
池　塘

　　山姆在那個春天的早晨發現的池塘，是個人跡罕至的地方。整個冬天，雪覆蓋在冰上，池塘也冷冷地靜臥在一條白色的甄子下。大部分的時間這裡聽不見聲音。青蛙冬眠，花栗鼠也睡了，偶爾有一隻樫鳥喊叫。夜裡有時有狐會叫——那是高亢、聒耳的叫聲。冬天好像永遠過不完。

　　但是有一天，森林和池塘都改變了。暖風柔軟又溫和，吹過樹間。在夜裡變軟的冰，開始溶化，一片片的水面從冰中露出來。居住在池塘和森林中的動物，都高興能感受到暖和的氣息。他們聽見和觸及了春天的氣息，而且帶著新生命和新希望萌動。風中有一股新鮮的好氣味——一股大地沈睡初醒的氣味。青蛙，埋在塘底的泥中，知道春來了。而山雀也知道了春氣息，十分雀躍（幾乎每樣東西都能教山雀雀躍）。母狐，在穴裡打盹，知道她很快就要有小狐了。每種生物都知道更好、更安逸的時候近了——就要有更暖和的白晝、更舒適的

黑夜。樹木發出綠芽，也正在生長著。這時，南方來的
鳥開始飛臨──一對野鴨飛來了，紅翅山鳥也來了，並
在池塘上找尋築巢的地點；一隻喉嚨有白色羽毛的小麻
雀也到來，並且唱：「啊，可愛的加拿大，加拿大，加
拿大！」

　　假如你曾在春天的第一個溫暖的日子坐在池塘邊，
突然，在午後向晚時，你會聽見高高在你頭上的空中有
一種動人心弦的聲音──像喇叭的聲音。

　　「鉤賀，鉤賀！」

　　又假如你曾仰望，那麼你會看見，高高在頭頂上的
兩隻大白鳥。他們飛行快速，雙腳筆直往後伸，白色的
長頸向前挺，而強壯的雙翼穩定又有勁地拍打著。「鉤
賀，鉤賀，鉤賀！」空中傳來一聲聲撼人心扉的叫聲，
像喇叭一樣響的天鵝唳鳴。

　　當天鵝看見池塘時，他們開始在空中盤旋俯瞰這個
地方。然後他們滑翔下降，停留在水上，整齊地斂起長
翼收到身體兩側，還不時的轉動著頭，時左時右地研究
新環境。他們是喇叭手天鵝，一身純白的黑喙鳥兒。他
們喜歡這個池塘荒蕪的模樣，所以決定把它當成自己的
家一陣子，好來養育兒女。

　　這兩隻天鵝因長途飛行累了，所以很高興能從天上
下來休息。他們慢慢地四處划行，然後開始覓食，偶爾
插頸進淺水裡，從池底拔起水草的根和葉。天鵝的全身
都是白的，只有喙和腳例外，是黑的。因為他們的到
來，使池塘似乎變成一個不同的地方。

此後數天，天鵝休養生息。餓時，他們進餐；渴時——這佔了很多時間——他們就飲水。在第十天，母天鵝開始四處找一個地方築巢。

在一年之春，鳥通常最關心的是築巢，這是最重要的一件事。如果她選的是一個好地方，她孵化蛋、抱小鳥的機會就提高。如果她選了一個很糟的地方，就可能抱不到小鳥。母天鵝知道這一點，所以她知道她作的決定非常重要。

兩隻天鵝首先觀察池塘的上端，也就是有條小溪慢慢流進來的地方。那兒風光宜人，有蘆葦和菖蒲。除了紅翅山鳥忙著在池塘這部分築巢外，還有一對野鴨正在談情說愛。然後天鵝慢慢游到池塘的下端，只見左邊有座森林，右邊有一片鹿群覓食的草地。這裡很幽靜。從一邊的岸上，有塊地延伸進池塘。這是一片細長的沙地，像一個小小的半島。在半島尖端這入水數呎的地方，有個蕞爾小島——僅比餐桌大一點點。島上有一棵小樹，還有石頭、蕨類，和一些草。

「瞧一瞧這個！」母天鵝一邊興奮地喊道，一邊團團轉著游。

「鉤賀！」她的丈夫回答，他向來喜歡有人向他請教。

母天鵝小心翼翼地離水走上小島。這個地點似乎是訂做的——做築巢恰恰好。公天鵝於附近漂游著、守望著，她在地上四處打探，想找到一個舒適的地點。找到以後，她坐下試試，看看伏在那裡舒不舒服。她認為這

10

地方正合她的身體大小，而且位置好，離水邊有兩三呎，非常方便。她向丈夫討教。

「你有什麼高見？」她說。

「一個理想的位置！」他回答道。「一個十全十美的地方！讓我來告訴你爲什麼是一個十全十美的地方。」他威儀十足地接著說。「假如一個敵人──一隻狐狸、一隻浣熊、一隻土狼或一隻鼬鼠──心懷不軌的想到達這地點，他非下水把身體弄濕不可。而在他能下水之前，他必須先走完那塊突出的沙地。等到那時候，我們早就看見他或聽見他，到時候我會給他一點顏色看看。」

雄天鵝展開他的雙翼，從左翼端到右翼端長達八呎，就這樣給水猛烈一擊以展示他雙翼的力量，這舉動立刻使他覺得揚揚得意。當一隻喇叭手天鵝用兩翼打敵人時，他的敵人就像被棒球棒打到一樣。順便一提，一隻公天鵝也被稱爲「雄鵠」。沒有人知道爲什麼，但大家都這樣稱呼他。不少動物有他的特殊名稱，例如：一隻公羊也叫做「牡羊」，一隻雄鸕鷀叫做「鴐」，一隻公雞叫做「雄雞」，一隻公牛叫做「牡牛」等等。反正只要記得一隻公天鵝也叫做雄鵠也就可以了。

公天鵝的妻子假裝沒看見她的丈夫在賣弄，但她的確都看見了，她也爲他雙翼的力量和勇氣感到驕傲。跟一般的丈夫相比，他算是個好丈夫。

公天鵝看著他美麗的妻子坐在那邊小島上。令他大喜的是，她開始慢慢地團團轉，一直在原地踩著泥土和

草，這就是築巢的最初動作。首先她在選好的地點蹲下來，然後左旋右轉，有蹼的大腳用力踩踏，讓地上的泥土四下像碟子似的。然後她伸頭去拔小樹枝和草放在她身旁和尾部下方，依照她的身材來築巢。

公天鵝在母天鵝附近漂游著，並細看她的一舉一動。

「再來一根中號的樹枝，親愛的。」他說。她就把她細長優雅的白頸盡量往前伸，撿起一根樹枝，放在身旁。

「現在再來一點兒粗草。」公天鵝很有威嚴地說。

母天鵝伸頭去取草、青苔、樹枝——任何方便拿的東西。她慢慢地、小心翼翼地築起巢來，直到她好像坐在一個大草丘上爲止。這件大工程連續做了兩三個小時，然後暫停一會兒溜進池塘喝水和用午餐。

「一個大好的開始！」公天鵝一邊回顧著巢，一邊說：「一個十全十美的起頭！我不知道你怎麼會築得如此巧妙。」

「這是天生自然就會的，」他的妻子回答道：「工作雖然重了些，但大體說來是項愉快的工作。」

「對，」公天鵝說：「而且你一旦完工，你看得見輝煌的成果——你有一個天鵝的巢，長寬各六呎。有什麼別的鳥比得上呢？」

「也許，」他的妻子說：「老鷹就比得上。」

「對，但老鷹築的就不是天鵝的巢了，那是鷹巢，高高懸在枯樹上。哪像我們靠近水邊，有近水的種種便

利呢！」

這些話說得兩隻天鵝都笑了。然後他們高聲鳴叫、戲水，用翅膀捧起水往背上灑，然後四處亂竄，彷彿他們突然因為太得意而忘形了。

「鈞賀！鈞賀！鈞賀！」他們高喊著。

池塘一哩半內的野生動物都聽見天鵝像喇叭一樣的鳴叫——狐狸聽見了，浣熊聽見了，鼬鼠也聽見了。甚至有一雙不屬於野生動物的耳朵也聽見了，但是天鵝不知道這件事。

第三章
訪 客

　　有一天，大約在一星期之後，母天鵝悄悄地溜進巢裡，下了一個蛋。每天她設法產一個蛋在巢裡，有時候她辦到了，有時候卻辦不到。現在共有三個蛋，她隨時要下第四個了。

　　她伏在巢上，她的丈夫公天鵝悠閒地在附近漂游時，她有種被盯住的奇怪感覺，令她頗不自在。鳥兒都不喜歡被盯著看，尤其在巢裡孵蛋時更不喜歡被盯著看，所以母天鵝轉動身子四處探看，用心注視那塊伸入池中靠近窩巢的陸地。用她銳利的眼睛搜索附近池岸，找尋不速之客的蹤跡。最後教她大吃一驚的是，就在那邊，在陸地尖端一塊木頭上，坐著一個男孩。他很安靜，沒有帶槍。

　　「你看到我看見的東西嗎？」母天鵝對她丈夫耳語。

　　「沒有。什麼？」

　　「在那邊。在那木頭上，有個男孩！現在我們該怎

麼辦？」

「一個男孩怎麼到這裡來的？」公天鵝耳語道：「我們在加拿大的荒野中，周遭數哩都看不到一個人呢！」

「我原本也那樣想，」她答道：「但在那木頭上的如果不是一個男孩，我的名字就不叫喇叭手天鵝了。」

公天鵝大怒。「我老遠北飛到加拿大，可不是來跟一個男孩兒混的，」他說：「我們來到這裡，這個與世遠隔的桃源，爲的是享受一點兒該有的清靜。」

「可不是嘛，」他的妻子說：「我看這男孩也煩；但平心而論，他倒還滿規矩的。他雖然看見我們，但卻沒有扔石頭、扔棍子的。他沒亂來，只是靜靜的觀察。」

「我不願意被觀察，」公天鵝埋怨道：「我可不是千里迢迢特地來加拿大荒野中被觀察的。況且，我也不要你被觀察——除非是被我。你正在產一枚蛋——我是說我希望你正在下蛋——你應該享受清靜。我的經驗是所有的男孩都會扔石頭和棍子——那是他們的天性。待我過去用我強勁的翅膀打那男孩，他會以爲被警棍打到了。我會把他打昏！」

「嘿，等一下嘛！」母天鵝說：「打架是沒有用的。這男孩目前並沒打擾我，也沒有打擾你。」

「但他是怎麼到這裡來的？」公天鵝說。他已不再耳語而開始吼叫了。「他怎麼來的？男孩子不會飛，加拿大這地區又沒有路。離我們最近的公路有五十哩遠

呢。」

「也許他迷路了，」母天鵝說：「也許他要餓死了。也許他要劫巢吃蛋，但我猜不會的，他看起來不餓。反正我已築了巢，有三個漂亮的蛋，目前這男孩子又很乖，我打算繼續努力下第四個蛋。」

「祝你好運，親愛的！」公天鵝說。「我隨時在你身邊保護你，以防萬一。下蛋吧！」

往後的一小時，公天鵝環繞著小島慢慢划行，擔任警衛。他的妻子靜靜伏在巢上。山姆坐在木頭上，紋風不動。他一看見天鵝便意亂情迷。他們是他見過最大的水鳥。他在森林和沼澤中聽見他們嘹亮的啼聲，四處搜尋，終於找到池塘和他們的巢。山姆關於鳥類的知識頗為豐富，知道這些是喇叭手天鵝。山姆在荒野裡、禽獸間，總覺得幸福。坐在木頭上，觀看著天鵝，他有一種美妙的感覺，這跟有些人坐在教堂裡的感受是一樣的。

在觀看一小時之後，山姆站起來。他既慢又靜地走開，像印地安人一樣，一腳前一腳後成一直線，幾乎不出聲。兩隻天鵝看他離開。母天鵝起身離巢，又轉身回顧。在巢裡柔軟的羽毛上，躺著第四粒蛋。公天鵝搖搖擺擺走上小島往巢裡探望。

「一件傑作！」他說。「一枚絕美又比例勻稱的蛋。我敢說這枚蛋幾乎有五吋長。」

他的妻子十分歡喜。

●　　　●　　　●

母天鵝下了五個蛋後，心滿意足了。她得意地看著

蛋，然後她伏在巢上為蛋保暖。她小心翼翼地用喙翻動
每個蛋，讓每個蛋剛好都能接受她的體溫。公天鵝在旁
巡弋，陪伴她並為她防敵。他知道有一隻狐狸在林中出
沒；他在適合狩獵的夜間曾聽到狐的叫聲。

　　白天過去了，母天鵝仍安靜地伏在五粒蛋上。黑夜
過去了。她仍伏在蛋上，以體溫孵蛋。沒人打擾她。男
孩不見了──也許他永遠不回來了。在每枚蛋裡，某件
她看不見的事發生了：一隻隻小天鵝正在成形。時間一
週週地過去，日漸長而夜漸短。遇到雨天，母天鵝仍靜
靜坐著，讓雨落在她身上。

　　「親愛的，」一天下午她的丈夫公天鵝說：「你難
道不覺得你的責任繁重或枯燥嗎？你以一種姿勢伏在一
個地方，覆蓋著蛋，沒有休閒，沒有娛樂，沒有胡鬧，
沒有嬉戲，從來不覺厭倦嗎？你從來不會無聊嗎？」

　　「不會，」他的妻子答道：「真的不會。」

　　「伏在蛋上恐怕不舒服吧？」

　　「是呀，」妻子答道：「但為了把小天鵝帶來世
間，我能忍受某種程度的不舒適。」

　　「你知道你必須再孵多少天嗎？」他問道。

　　「一點也不知道，」她說：「但我發現池塘另一端
的雁已經孵出小雁了；紅翅山鳥也已經孵出他們的孩
子。還有一天傍晚，我看見一隻斑紋鼬鼠在岸邊獵食，
有四隻小鼬鼠跟著她。所以我想我結束孵蛋的時候近
了。運氣好的話，我們很快就可以看見兒女──我們美
麗的幼鵠。」

「你從來不感覺飢腸轆轆或舌乾喉焦得難忍嗎？」
公天鵝問。

「是呀，我覺得，」他的妻子說：「老實說，我現
在就想喝水。」

午後天氣暖和，陽光明亮。母天鵝認為她可以離開
蛋幾分鐘不會出事。她站起來，首先推一些散落的羽毛
到蛋的四周，把蛋藏起來，使蛋在她離開時有一層溫暖
的被蓋。然後她離巢進入水裡。她匆匆喝了幾口水，再
從容游到一個淺水的地方，把頭鑽進水下，從塘底拔起
鮮嫩的水草。她接著潑水在自己身上洗了一個澡。然後
她款款走出水，來到綠草岸上，站著用喙修剔她的羽
毛。

母天鵝覺得很舒服。她不知道有個敵人在附近。她沒發現紅狐躲在一叢灌木後窺伺她。紅狐是被潑水聲引到池塘來的，他希望能找到一隻鵝。他現在吸氣聞到天鵝味。她背對著他，於是他開始慢慢朝她爬過來。她太大了，狐是搬不動的，但他仍不顧一切要殺她嚐嚐血的味道。做丈夫的公天鵝仍在池塘上漂游，是他先偵察到紅狐。

「當心！」他高喊道。「當心那紅狐，就在我說話時他向你爬過去了，他的眼睛炯炯發光，他蓬鬆的尾巴挺直，他的心渴望飲血，他的腹部幾乎貼垂到地面！你有重大的危險，我們必須立刻行動。」

就在公天鵝發表漂亮的示警演說時，一件令大家驚異的事發生了。當時紅狐作勢撲張牙欲咬母天鵝的頸子，空中猛的呼嘯飛來一根棍子。它正面打中紅狐的鼻子，紅狐趕緊轉身逃走了。兩隻天鵝無法想像發生了什麼事。然後他們發現灌木叢中有動靜。畢山姆走出來，

他就是一個月前來看他們的男孩。山姆開心地露齒微笑，他手上拿著另一根棍子，以防萬一紅狐回來。但紅狐沒心情回來。他的鼻子疼痛難當，想吃新鮮天鵝肉的胃口都倒盡了。

「你好。」山姆低聲說。

「鉤賀，鉤賀！」公天鵝答道。

「鉤賀！」他的妻子說。喇叭聲音——打敗紅狐的歡呼，勝利的歡呼響徹了池塘。

聽見天鵝的鬧聲，山姆心花怒放。有人說天鵝的叫聲像法國號的聲音。他慢慢從岸上走到近小島那塊陸地的尖端，在木頭上坐下。天鵝現在能體會到，毫無疑問的，男孩兒是他們的朋友。他救了母天鵝的性命。他在適當的時機帶著適當的武器到了適當的地方。天鵝都十分感激。公天鵝朝山姆游過來，爬出池塘，站在男孩身旁，用友善的眼光望著他並高雅地弓起頸項。有一回，他小心翼翼地將頸遠遠伸出去，幾乎碰到那男孩。山姆紋風不動。他的心因興奮和喜悅卜卜地猛跳。

母天鵝划水回巢，繼續孵蛋的工作。能活著她覺得很幸運。

那天夜裡山姆在營地就寢前，拿出筆記簿，又找到一枝鉛筆。這就是他寫的：

「我不知道整個世界上有什麼東西比一個有蛋的巢看起來更美妙。一個蛋，因為它含有生命，是世間最完美的東西。它既美麗又神祕。一粒蛋比一粒網球或一塊肥皂好多了。一

粒網球永遠只是一粒網球。一塊肥皂也永遠只是一塊肥皂
——直到它變得很小沒人要,而且把它丟掉為止。但一粒蛋
有一天會成為生物。一粒天鵝蛋會打開跑出一隻小天鵝來。
一個巢幾乎像一粒蛋一樣美妙又神祕。一隻鳥怎麼知道怎樣
築巢?從來沒有人教她。一隻鳥怎麼知道怎樣築巢?」

山姆闔上他的筆記簿,向父親道了晚安,吹熄他的
燈,爬進他的床鋪。他躺在那裡想一隻鳥怎麼知道怎樣
築巢。不久他的眼睛閉上,他睡著了。

第四章
幼 鵠

　　在夜間，母天鵝認為她聽見蛋發出「畢剝」聲。破曉前一小時，她確信的感覺胸下有微震，彷彿一個小身體在那兒蠕動，也許蛋終於要孵化了。蛋當然是不會蠕動的，所以母天鵝認為她下面一定有某樣不是蛋的東西。她十分安靜地伏著、諦聽和等候，公天鵝則在附近漂游，小心看守。

　　困在蛋中的小天鵝出來要費很大的工夫。他原本是出不來，幸虧造物給他兩件重要的東西：強而有力的頸肌和喙尖的小匕首齒。這齒十分銳利，幼天鵝用它在蛋的硬殼上鑽一個洞。洞一旦鑿成，其餘的就容易了。幼鵠現在能呼吸了；他只要不斷地蠕動，直到脫殼為止。

　　如今公天鵝期望隨時就要做父親了。為父的念頭令他覺得既富詩意又很驕傲。他開始向妻子發言。

　　「於此我悠游，一如天鵝，」他說：「大地則浴於神奇與美妙中。現在，慢慢地，日光升空。白霧低罩在

池面，白霧慢慢上升，如水壺的蒸汽。我則悠游，如天鵝；蛋則孵化，小天鵝將降臨世間。我悠游又悠游。日光增強，天氣轉暖。漸漸地白霧消失。我悠游，悠游，如天鵝。百鳥唱晨歌。徹夜鳴叫的青蛙不再鳴叫，靜默無聲。我仍悠游，不間斷地，如一隻天鵝。」

「你當然悠游如一隻天鵝，」他的妻子說：「你能悠游如別的東西嗎？你不能悠游如一頭麋鹿吧，對不對？」

「對，的確不能。親愛的，謝謝你改正我的錯。」公天鵝聽見他太太有常識的話大吃一驚。他講話好用華麗的詞彙和優雅的語言，他又喜歡想自己悠游如天鵝。他決定還是多作悠游少開口為妙。

整個早晨，母天鵝都聽見蛋殼的「畢剝」聲。每隔一段時間，她覺得她下面巢裡有東西在蠕動。那是一種不尋常的感覺。蛋在很多很多天——一共三十五天——以來一直很安靜，現在終於生氣盎然地萌動。她知道該做的事就是靜靜地伏著。

下半晌，母天鵝的耐心終於獲得了報酬。她俯視，只見有東西撥開她的羽毛，一個小小的頭冒出來——第一個孩子，頭一隻幼鵠。她軟綿綿又毛茸茸，不像她的雙親，而是灰色的。她的腳和腿都是芥末黃，眼睛明亮。她用兩隻不穩的小腳，一路往上擠，一直擠到母親身旁，站著環顧她頭一遭看見的世界。母親輕聲軟語地對她說話，她很高興聽見她的聲音。關在蛋裡面這麼久，現在她很高興能好好呼吸空氣。

整天都在用心看守的公天鵝，看見小頭露出來。他的心因喜悅而狂跳起來。「一隻幼鵠！」他喊道：「終於有一隻幼鵠！我是父親，滿載爲父愉快的義務和可畏的責任。啊！有福了我的幼兒，看見你的面孔從你母親胸前佑護著你的羽毛間露出來，在這美好的天空下，在午後長長的斜暉中，池塘是如此寧靜又和平，眞是好極了！」

　　「憑什麼你認爲她是兒子呢？」他的妻子問道。「儘管你博學多聞，她可是一個女兒。反正她是一隻幼鵠，活潑又健康。我也能感覺其他的在我下面動。也許會全孵出來，我們就會得到五個孩子，我們明天就知道了。」

　　「我有十足信心我們會有五個孩子。」公天鵝說。

·　　　　·　　　　·

　　第二天一大早，趁父親還在睡，畢山姆就爬下床鋪。山姆穿好衣服在爐裡生火。他炸了幾片鹹肉，烤了兩片吐司麵包，倒了一杯牛奶，就坐下來吃早餐。吃完後，他找到紙筆寫了一張便條。

我去散步，會回來吃午餐。

　　山姆把便條放在父親會看得到的地方；然後帶了望遠鏡和指南針，把獵刀繫在腰帶上，就出發經過森林和沼澤，往天鵝住的池塘去。

　　他小心翼翼地走近池塘，望遠鏡揹在肩上。時間剛

剛才過七點；旭日蒼白，空氣峭寒，晨風沁人心脾。抵達他的木頭後，山姆坐下來調整他的望遠鏡。透過鏡片一看，伏巢的母天鵝似乎近在咫尺。她專心孵蛋，一動也不動；公天鵝在附近。兩隻鳥都在諦聽和等待。兩隻鳥都看見山姆，但他們不介意他來了，實際上倒滿喜歡的。不過他們看見望遠鏡大感驚奇。

「這男孩今天眼睛似乎很大，」公天鵝耳語道：「他的眼睛真大啊！」

「我想那兩顆大眼睛實際上是一副望遠鏡，」母天鵝答道：「我不大清楚，但我想當人用望遠鏡望時，一切都顯得近又大些。」

「男孩兒的望遠鏡會使我顯得甚至比自身更大嗎？」公天鵝滿懷希望地問。

「我想會的。」母天鵝說。

「哎呀，太好了，」公天鵝說：「我真喜歡那樣子。也許男孩兒的望遠鏡不僅使我顯得比自己大，還會顯得更高雅。你想會嗎？」

「有可能，」他的妻子說：「但可能性不大。你最好還是別太過高雅──否則難免得意忘形。你是一隻夠自負的鳥啦！」

「天鵝全都是自負的，」公天鵝說：「天鵝覺得驕傲、高雅是對的──那是天鵝與生俱來的美德。」

山姆弄不清楚天鵝在說什麼，他只知道他們在談心，而且僅僅聽他們談話，就令他心曠神怡。在荒野中跟這兩隻大鳥為伍，令他心滿意足，他十分快樂。

晌午前，太陽已升高了，山姆又舉起望遠鏡對準鳥巢。終於他看見他一心要來看的東西：一個小小的頭，從母天鵝羽毛中伸出來———一隻幼喇叭天鵝的頭。小天鵝爬上巢邊。山姆看得見他灰色的頭和頸，渾身細軟的茸毛，黃色的腿和腳，腳上有游泳用的蹼。不久，另一隻幼鵠出現了。然後又一隻。後來頭一隻又鑽進母親的羽毛裡取暖，有一隻要爬上母親的背，但她的羽毛太光滑，小天鵝掉下來剛巧依偎在她身邊。母天鵝只管一再坐著，欣賞她的孩子，看著他們學會用腿勁。

一個小時過去了。幼鵠中有一隻膽量比別隻大的，離巢在小島岸上搖搖擺擺地走。這時候，母天鵝站起來；她認為兒女下水的時機到了。

「來呀！」她説。「不要走開！仔細看我的動作，然後你們做同樣的動作，游泳很容易。」

「一，二，三，四，五，」山姆數著：「一，二，三，四，五。五隻幼鵠，錯不了，就像我確定我活著一樣！」

公天鵝看見他的兒女走近水，覺得他的言行應該有父親的風範。他以發表一篇演説開始。

「歡迎大家到這池塘和毗鄰的沼澤！」他説。「歡迎大家到這世界！這裡有幽靜的池塘、美好的沼澤，天真未鑿又原始自然！歡迎大家到有陽光和陰影、風花和雪月裡來；也歡迎大家到水裡來！水是天鵝的特殊生活環境，正如大家馬上就會發現的，游泳對天鵝是不成問題的。歡迎大家置身險地，這是你們必須提防的———有

卑鄙的紅狐，他躡足無聲、牙齒銳利；有討厭的水獺，他會從你下面游上來扯你的腿；有惡臭的鼬鼠，他在夜間獵食，很難和陰影分清；還有土狼，他獵食嗥叫，比紅狐還大些。當心一切沈在池塘底的鉛彈丸，那是獵人的獵槍留下來的。不要吃彈丸——彈丸會毒死你！要機警、要堅強、要勇敢、要高雅，也要永遠跟著我！我先走，你們隨後魚貫跟著來，你們劬勞的慈母則殿後。靜靜地、充滿信心地下水吧！」

母天鵝很高興演說結束了，舉步下水並招呼她的小兒女。幼鵠瞪著水看了一下，蹣跚前行，一跳，就全浮在水面了。水的感覺真好，游泳真容易——一點兒都不費吹灰之力。水很好喝，每隻幼鵠都伸頭下去喝了一口。他們快樂的父親弓起細長高雅的頸子，遮護在他們上面和四周。然後公天鵝從容不迫地啟行，幼鵠魚貫跟在後面。他們的母親則殿後押陣。

「真好看！」山姆自言自語。「真是一個奇景！七隻喇叭手天鵝排成一行，五隻才剛出殼。這實在是我的幸運之日。」他幾乎沒注意到，因為在木頭上坐久了，他的身體都僵了。

像天下的父親一樣，公天鵝想要對人誇耀他的兒女。於是他領幼鵠到山姆那兒。他們全都走出池水站在男孩前面——惟有母天鵝例外，她逗留在後頭。

「鈞賀！」公天鵝說。

「你好！」山姆說。他壓根兒也沒指望會有這種事發生，他幾乎不敢呼吸。

第一隻幼鵠望著山姆説：「畢普。」第二隻幼鵠望著山姆説：「畢普。」第三隻幼鵠用同樣的方法跟山姆打招呼。第四隻也一樣。第五隻幼鵠則不同，他張開嘴巴，但什麼也沒説，他用勁地想説畢普，但卻沒有發出聲音。所以他只得伸出他的小脖子，咬住山姆的一條鞋帶，使勁一拉。他用力扯鞋帶扯了一會兒，結鬆開了，然後再放開帶子，這頗像打招呼。山姆笑得合不攏嘴。

　　公天鵝現在神色不寧。他將細長的白頸攔在幼鵠和男孩間，引導幼兒回到水裡，回到他們母親身邊。

　　「跟著我！」公天鵝説。他領他們走開，風度高

雅，驕傲之情溢於形表之外。

在母天鵝認為她的小寶寶已經游夠了，可能會冷時，她走上沙岸，蹲下來呼喚他們。他們很快跟著她游出池塘，鑽進她羽毛底下取暖。轉瞬間，幼鵠都無影無蹤了。

中午時，山姆起身走回營地，滿腦是他看見的景象。第二天，他和父親聽到空中矮冬瓜的引擎聲，並看見飛機飛來。他們連忙抓起行李袋。「營地，再見！秋天見！」畢先生關上營門，輕拍著門說。他和山姆爬進飛機，不久就升空飛往蒙大拿的家園。畢先生不知道他兒子曾看見一隻喇叭手天鵝孵出一窩小天鵝的事。山姆守口如瓶。

「假如我活到一百歲，」山姆想，「我也不會忘記鞋帶被一隻小天鵝拉扯的感覺。」

山姆和父親回家到牧場時已經很晚了，但是儘管晚，山姆就寢前還是拿出他的日記本。他寫道：

「一共有五隻幼鵠。毛都是髒髒的灰褐色，但很俏。他們的腿是黃的，像芥末。老公天鵝領他們到我腳跟前。我沒料到會發生這種事，但我保持安靜。有四隻幼鵠說『畢普』。第五隻嘗試說，但說不出來。他咬住我的鞋帶，好像帶子是一條蟲，用力一拉把帶子解開了。我不知道我長大了要當什麼？」

他關了燈，拉起床單蓋在頭上，在想他長大後要當什麼時睡著了。

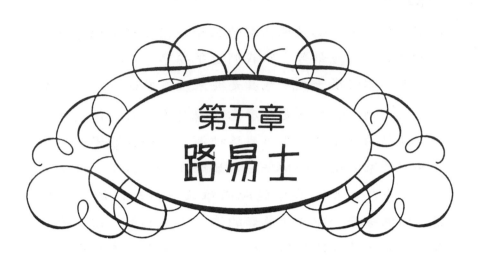

第五章
路易士

　　數週後的一天晚上，幼鵝都睡了，母天鵝對公天鵝說：「你有沒有注意到，我們那個叫路易士的兒子，跟其他孩子有點兒不一樣？」

　　「不一樣？」公天鵝答道：「路易士在哪方面跟他的兄弟姊妹不一樣？路易士看起來好好的。他長得快，游泳、潛水都很棒，他胃口也好，他很快就要長出飛羽了。」

　　「對呀，他看起來滿好的，」母天鵝說：「連天都曉得他是吃得很夠，長得健康聰明，又是一個游泳好手。但你有沒有聽過路易士像別的孩子一樣，出過聲音？你有沒有聽過他使用聲音或說話？你有沒有聽過他發出一聲畢普或一聲勃波？」

　　「現在想起來，我從來沒有。」公天鵝答道，他臉色變得凝重。

　　「你有沒有聽見路易士像別的孩子一樣，跟我們說

晚安？你有沒有聽見他像別的孩子一樣以可愛的方式，一邊勃波，一邊畢普，跟我們說早安？」

「經你這麼一提，我真是從來沒有聽過。」公天鵝說：「天啊！你到底是什麼意思嘛？你要我相信我有一個有缺陷的兒子嗎？告訴我這種消息會令我難過死的。我要我的家庭生活一切平安，如今我正當盛年，不要被憂慮或失望折磨，我才能既高雅又安詳地悠游。『父親』這個身分，即使在最好的情況下，也是一個重擔。我不要有一個有缺陷的、有問題的小孩來加重負擔。」

「好啦，」做妻子的說：「最近我一直在觀察路易士。我的意見是小傢伙不會講話，我從來沒有聽見他出聲，我想他生來是啞巴。假如他有聲音，他會像別的孩子一樣用聲音的。」

「哎呀，這真糟糕！」公天鵝說。

「這真是有苦難言。這是一件很嚴重的事情。」

他的妻子望著他暗笑。「現在並不太嚴重，」她說：「但兩三年後，等路易士談戀愛時——他遲早會的——事態就嚴重了。一隻年輕的雄天鵝，假如他不會說『鉤賀，鉤賀』，或對他的意中佳人發出一般的甜言蜜語，他在求偶時就會吃很大的虧。」

「你有把握嗎？」公天鵝問道。

「當然有把握，」她回答道：「我歷歷地記得多年前的那個春天，就是你愛上我，開始追我的時候。你的模樣真瀟灑，你製造的聲音可真多！那是在蒙大拿，記得嗎？」

「我當然記得。」公天鵝說。

「好，你最敎我動心的是你的聲音，你美妙的聲音。」

「眞的嗎？」公天鵝說。

「眞的。那時在蒙大拿國立野生動物保護區紅石湖公園裡，全部的年少雄天鵝中，你的聲音最動聽，最雄偉，最嘹喨。」

「我眞是這樣嗎？」公天鵝說。

「是啊，是眞的。每回我聽見你用渾厚的聲音說話，我就心甘情願跟你到天涯海角。」

「眞的心甘情願？」公天鵝說。他顯然陶醉在他妻子的讚美中。美言正搔到他自負的癢處，敎他覺得自己眞了不起。他一向自認有一副好嗓子，現在聽見他妻子親口說，渾身都酥掉了。一時樂不可支，竟把路易士的事全忘了，只想到他自己。他當然也記得在蒙大拿湖上那個迷人的春天，他墜入了情網。他記得母天鵝當時有多漂亮，多麼天眞浪漫，多麼惹人愛、惹人憐。他現在完全明白，要是當時他什麼也不會說，他永遠無法追上她，娶到她。

「我們暫時不要爲路易士操心，」母天鵝說：「他還很年輕。但明年我們到蒙大拿過冬時必須留意他。我們必須全家合作，幫助路易士學習。」

她走到幼鵠睡覺的地方，在他們身旁臥下。夜有點寒，她細心地張開一隻翅膀蓋住幼鵠。幼鵠在睡眠中挪動身子靠近她。

公天鵝靜靜地站著，仔細想他妻子告訴他的話。他是一隻勇敢、高貴的鳥，已經在為他的小兒子路易士設法了。

「假如路易士真的沒聲音，」公天鵝自語道：「那麼我必須給他某種器物，促使他製造一些聲音。克服這困難一定有辦法。不論如何，我兒子是一隻喇叭手天鵝，他該有像喇叭一樣的聲音。但是首先我要測試他，弄清楚他母親說的話沒有錯。」

•   •   •

公天鵝那夜不能成眠。他獨腳站著，靜靜地，但睡意一直不來。第二天早晨，在大家都享受一頓豐盛的早餐後，他領路易士離開其他的家人。

「路易士，」他說：「我希望跟你單獨談一談。讓咱們倆一起游到池塘另一端，可以私下談談，不會被人打斷。」

路易士聽了頗為驚訝。但他點點頭，跟著他父親，使勁地在父親背後游。他不明白父親何以要跟他單獨談一談，沒有兄弟姊妹在旁。

「好了！」公天鵝在他們到達池塘另一端時說：「我們在此，優雅地漂游，具有至上的浮力，與其他人有些距離，在十全十美的環境——一個美好的早晨，池塘幽靜，只有山鳥的歌聲能使氣息感覺得甜美。」

「我希望父親很快談到重點。」路易士心裡想。

「這是一個我們開會的理想地方，」公天鵝接著

說：「有一件事情——一件跟你將來有關的事，我覺得我應該跟你開誠布公地商量。我們不需探本溯源追究鳥類的全史，只要把我們的談話局限於眼前這一件不尋常的重大事情上。」

「唉，我希望父親很快談到重點。」路易士心裡想。他現在已經坐立不安了。

「這件事已經引起我的注意，路易士，」公天鵝繼續說：「那就是你很難得開口。事實上，我想不起來我曾聽見你出聲。我從來沒聽見你說話或說鉤賀，或因恐

懼或喜悅而吶喊。一隻年輕的喇叭手天鵝這樣是最異常的，這很嚴重。路易士，讓我聽你說畢普。說吧，說呀！說畢普！」

可憐的路易士！在他父親看著時，他深深吸了一口氣，張開嘴巴吐出氣來，希望氣會說畢普。但一點聲音都沒有。

「再試試看，路易士！」他父親說：「也許你剛才使的勁不夠。」

路易士又試了，沒有用，沒有聲音從他喉嚨出來。他傷心地搖搖頭。

「看著我！」公天鵝說。他舉頸到最高點大喊鉤賀，聲音那麼響，數哩之內的動物都聽見了。

「現在讓我聽你發畢普！」他下令道：「說畢普，路易士，要響亮又清楚！」

路易士試了，他不會說畢普。

「現在讓我聽你說勃波！來呀說勃波！像這樣：勃波，勃波，勃波。」

路易士嘗試說勃波。他辦不到，沒聲音出來。

「唉，」公天鵝說：「我猜沒有用。我猜你是dumb（啞）。」

路易士聽到 dumb（笨）這字時很想哭。公天鵝看見他傷了路易士的感情。「你誤解我了，我的兒，」他用安慰的聲調說：「你不懂我使用 dumb 這個字有兩種意義。假如我用笨蛋或笨瓜來罵你，那就是說我瞧不起你的智力。實際上，我想你也許是我兒女中最出色，最

伶俐，最聰明的。文字有時有兩種意義；『dumb』就是一個例子。看不見的人稱爲盲。聽不見的人稱爲聾，說不出話的人稱爲啞。那僅是說他不能說話。你懂嗎？」

路易士點點頭。他覺得好過些，他也感激父親解釋字有兩種意義給他聽。不過他仍舊非常不開心。

「別讓不自然的憂傷停留在你心裡，路易士，」公天鵝說：「天鵝必須愉快，不悲哀；高雅，不笨拙；勇敢，不懦弱。記住，世界上有很多有某種殘障待克服的少年。你顯然語言有缺陷，但我深信假以時日，你會克服的。在你這個年紀，不會說話甚至反而略佔便宜，因爲這會迫使你成爲一名好的聽衆。世上說話的人多如牛毛，但會聽的人少如麟角。我向你保證你用耳聽，比用嘴說會獲得更多知識。」

「我父親自己就夠會講的了。」路易士心想。

「有些人，」公天鵝接著說，「一生喋喋不休，用嘴製造了很多噪音；他們從來沒眞的聽——他們太忙著發表意見，常常是不健全或謬誤的意見。因爲這個緣故，我的兒，振作精神！享受生活，學習飛行！吃得好，喝得好！用你的耳朵、用你的眼睛！我答應你有一天我要使你能用你的聲音。有些機械的設備能轉變空氣爲美妙的聲音，在這一類的設備中，有一種稱爲喇叭。有一回我在旅途中看見一把喇叭。我想你可能需要一把喇叭才能豐富你的一生。我從來不知道會有一隻喇叭手天鵝需要一把喇叭的，但你的個案與衆不同。我打算弄

給你需要的東西。我不知道我將如何處理，但在時機成熟時必將大功告成。現在我們的談話已經告一段落，讓我們高雅地回到池塘的另一端，你的母親和兄弟姊妹在那兒等候我們！」

公天鵝轉身游開，路易士隨後。這是一個不快活的早晨，他擔憂他和兄弟姊妹不一樣，他害怕與眾不同。他不懂他何以生來沒有聲音，別人似乎都有聲音，為什麼他沒有呢？

「命運是殘酷的，」他想，「命運對我殘酷。」然後他記起父親曾答應幫助他，這使他覺得好過一點。不久他們和大家會合，每個人都開始玩水，路易士也加入，伸頭入水、潑水、潛水，扭轉身子。路易士潑水比別的小天鵝都遠，但他不會一邊潑一邊大叫。在你潑水時能夠大叫，就是擁有一半的樂趣了。

第六章
飛往蒙大拿

在夏末，公天鵝召集家人宣布一件大事。

「孩子們，」他説：「我有消息告訴你們。夏天即
將結束，樹葉也都要轉成紅色、淺紅色和淡黃色，不久
樹葉會掉落。我們離開這池塘的時候到了。這是我們該
走的時候到了。」

「走？」除路易士外，全部幼鵠都喊道。

「當然啦，」他們的父親回答：「孩子們，你們都
長大足以學習生活的事實，現在我們生活的主要事實就
是這一點：我們不能再停留在這美妙的地方。」

「爲什麼不能？」除路易士外全部幼鵠都喊道。

「因爲夏天結束了，」公天鵝説：「而在夏末離開
築巢的地點，南飛到氣候溫和、食物供應良好的地方，
是天鵝的生活方式。我知道你們都喜歡這漂亮的池塘，
這美妙的沼澤，這長蘆葦的塘岸和閒適的幽境。你們曾
在這裡發現生活是愉快有趣的事。你們學會了潛入水中

和在水底下游泳。你們喜愛每日休閒遠足，當我們排成一行，我自己在前高雅地游泳，像一個火車頭，你們迷人的母親殿後，像最後的一節車廂。整天，你們都在傾聽，在學習。你們避開了討厭的水獺和殘酷的土狼。你們曾諦聽說咕咕咕咕的小貓頭鷹。你們曾聽見鷗鴣說歸去，歸去。夜裡你們曾伴著青蛙的聲音——夜的聲音睡去。但這些樂事和消遣，這些冒險，這些遊戲和胡鬧，這些心愛的景色和聲音，都必須告一段落了。凡事都要告一段落，是我們走的時候到了。」

「我們要到哪裡去？」除路易士外全部幼鵠都喊道。「我們到哪裡去，鈞賀，鈞賀？我們到哪裡去，鈞賀，鈞賀？」

「我們南飛到蒙大拿。」公天鵝回答。

「什麼是蒙大拿？」除路易士外全部幼鵠都問道。「什麼是蒙大拿——猛的馬，猛的馬？什麼是蒙大拿——猛的馬，猛的馬？」

「蒙大拿，」他們的父親說：「是聯邦裡的一州。在那兒，在高山環繞的幽谷裡，有紅石湖，是造物特別為天鵝設計的。你們將享受湖裡的溫水，那是從暗泉冒上來的。那裡永不結冰，不論夜間有多寒冷都不結冰。在紅石湖，你們會看見較小的水鳥，如鴻和雁，也有別的喇叭手天鵝。敵人很少，沒有獵人，有很多麝鼠的房屋。免費的五穀，天天遊戲。在漫長寒冷的冬季，一隻天鵝還能再要求什麼？」

路易士驚喜地聽著這一切。他想要問父親他們怎樣

學飛，還有在學飛之後要怎樣找到蒙大拿。他開始擔心會迷路；但他不會問任何問題，他只能聽。

他兄弟中有人發言了。

「父親，」他說：「你說我們要南飛。我不懂怎樣飛，我從來沒有到天上去過。」

「不錯，」公天鵝回答道：「但飛行頂要緊的是有正確的姿態，當然還要加上有良好的羽翼。飛行包含三部分。第一，起飛，在起飛期間一陣忙亂，要拚命擊水和迅速鼓翼。第二，上升，或到達必要的高度，這需要一番努力和快速的羽翼動作。第三，平飛，穩定的高空飛行，高高在天上，雙翼鼓得較慢了，但有力且有規則。我們迅速又安穩地經過一地帶到另一地帶，我們鉤賀、鉤賀地喊著，大地伸展在遙遠的下方。」

「聽起來滿好的，」幼鵠說：「但我沒把握辦得到。高高在那上面，假如我往下望，我可能會頭昏眼花。」

「別往下望！」他父親說。「往前望。不要氣餒。再說，天鵝是不會昏眩的。他們在空中覺得好極了——他們覺得很崇高。」

「崇高是什麼意思？」幼鵠問。

「它意思是說，你會感到強壯、喜悅、高昂、驕傲、成功、滿意、有力和高升，彷彿你已征服生活，又有遠大的目標。」

路易士聚精會神地聆聽這一切。飛行的觀念嚇壞了他。「我不會說鉤賀，」他想：「假如一隻天鵝沒有聲

音，又不能說鈞賀，我不知道他是不是能飛。」

「我想，」公天鵝說：「最好的辦法是讓我為你們示範飛行。我來簡短的表演一次飛行給你們看。觀察我的每一個動作！看我在起飛前上下引頸！看我左右轉頭來測試風向！起飛一定要乘風──那就容易多了。聽我高鳴的喇叭聲！看我怎樣舉起我的大翼！看我猛烈地鼓翼，在我衝過水面時兩腳瘋狂地蹬！這陣狂飆有兩百英尺，到頂點時我就突然扶搖而上，我的翅膀仍用驚人的力量拍風，但我的雙腳已離開水面了！然後看我做什麼！看我怎樣把優美的白色長頸往前伸，伸到最長！看我怎樣縮回腳，再放鬆讓雙腳垂飄在後面，拖曳到尾巴後！聽我到上空時嘹亮的鳴聲！看我鼓翼多麼有力又穩定！然後看我傾斜和轉彎，張開兩翼，滑翔下來！在我剛抵達池塘時，看我怎樣朝前射出雙腳用它們來下水，彷彿是一雙滑水屐！看完這全套之後，你們，還有你們的母親，都跟我一起來，我們練習飛行，直到你們得到訣竅才罷休。然後明天我們再來一遍，不過不回池塘，我們往南去蒙大拿。你們準備好看我的表演飛行嗎？」

「好了！」除路易士外，全部幼鵠都喊道。

「很好，開始！」公天鵝喊道。

在眾目睽睽下，他順風游到池塘的那一頭，轉身，測試風向，上下引頸，高鳴一聲，而在衝了兩百尺之後，扶搖上空，漸漸到了適當的高度。他白色的長頸伸到前方，黑色的大腳伸往後面。他的雙翼力大無窮。在他進入常態飛行時，翅膀的鼓動減慢了。眾目都注視

著。路易士比往常更興奮。「我不知道我是否真的能辦得到，」他想：「假設我失敗了，那麼別人都飛走，我就孤零零留在這荒涼的池塘上。冬天來臨了，無父，無母，無姊妹，無兄弟，在池塘全凍結時無食物可吃，我會餓死的！我好怕。」

不到幾分鐘，公天鵝從天空滑翔下來，在池塘上滑行一下便停住了。他們全都歡呼起來。「鉤賀，鉤賀，畢普，畢普！」只有路易士例外。他只能用鼓翼和潑水在他父親臉上來表示讚許。

「好，」公天鵝說：「你們都看過我是怎麼飛的。跟著我，我們來試試看。你們儘量放輕鬆，一切按部就班，片刻也別忘記你們是天鵝，都是優秀的飛行員，我深信一切都會平安的。」

他們都順風游到池塘的那一頭。他們上下引頸，路易士引頸比別人賣力。他們左右轉頭測試風向。突然公天鵝發出開始的信號，但見一片驚天動地的大亂——翅膀拍打，群腳奔馳，池水翻攪成白沫。不久，奇蹟中的奇蹟出現了，天上有七隻天鵝——兩隻純白的，五隻暗灰色。起飛已經完成了，他們漸漸升高。

路易士在他的兄弟姊妹之前，是第一隻扶搖上天的小鵝。在他雙腳離開水面的那一刻，他知道他能飛。這真是如釋重負，他覺得美妙極了。

「乖乖！」他自言自語。「我從來不知道飛行這麼好玩，這真了不起，這真樂不可支，這真妙極了。我覺得崇高，並不會感到昏眩。我能跟全家人一起到蒙大拿

去。我雖然有缺陷,但至少我會飛。」

　　七隻大鳥在空中盤旋約半小時,然後仍由公天鵝領頭,飛回池塘。他們放懷暢飲,慶祝飛行成功。第二天他們都早起。這個秋晨很美,煙霧從池面升起,樹木閃耀著各種色彩。近黃昏時,太陽低沈,天鵝從池塘起飛,開始他們赴蒙大拿的旅程。「這條路!」公天鵝喊

道。他向左轉,拉出一條南行的航道。其他的天鵝跟著
他,一邊飛一邊長鳴。當他們飛過畢山姆的營地時,山
姆聽見了跑出來。他站著凝望,看他們在遠方愈變愈小
而終於消失了。

「那是什麼?」山姆回屋內時他父親問道。

「天鵝,」山姆回答道:「他們向南去了。」

「我們也該這樣,」畢先生說:「我想矮冬瓜明天
會來這裡帶我們出去。」

畢先生在床上躺下來。「是哪一種天鵝?」他問
道。

「喇叭手。」山姆說。

「奇怪呀，」畢先生說：「我以為喇叭手天鵝不再
遷移了。我以為他們整年都住在紅石湖，在他們受保護
的地方。」

「他們大都住在紅石湖，」山姆回答道：「但不是
全都住在那裡。」

就寢時間到了。山姆拿出日記。他寫道：

「今天晚上我聽見天鵝的叫聲。他們向南方去了。在夜裡
飛行一定很有趣，我不知道我能否再看見其中的一隻。一隻
鳥怎麼會知道如何從他所在地飛到他想去的地方呢？」

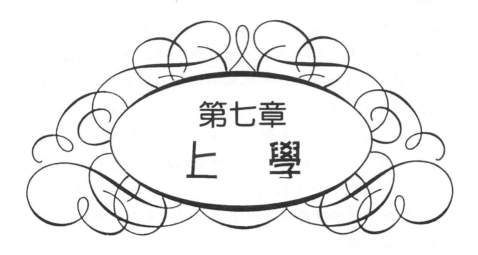

第七章
上　學

　　在天鵝抵達他們避寒的家「紅石湖」數天後，路易士有一個主意。他認為他既然不會使用聲音，他就該學習閱讀和寫字。「假如我某一方面有缺陷，」他自言自語的說：「我應該設法往其他方面發展。我要學習讀和寫，然後在脖子上掛一塊石板，還帶著一根粉筆。那麼我就能跟任何識字的人溝通了。」

　　路易士很合群，他在湖上已結交了很多朋友。這地方是水鳥——天鵝、鴻、雁和其他水禽——的保護區。他們都住在那裡，因為那裡安全，而且水即使在最寒冷的冬季也是暖和的。路易士因為擅長游泳大受欽佩。他喜歡和其他小鵝競賽，看誰能在水底下游得最遠，停得最久。

　　路易士一心一意想學習讀和寫，他決定去拜訪山姆，找他幫忙。「也許，」路易士想：「山姆會讓我跟他去上學，老師就會教我怎樣寫。」這個主意令他興

奮。他想知道學校肯不肯收一隻小天鵝當學生，他想知道學會讀書難不難，當然，他最想知道他是否能找到山姆。蒙大拿是一個大州，他又不確知山姆是不是住在蒙大拿，但他希望是。

第二天早晨，趁雙親不留神，路易士起飛升空。他向東北飛。當他飛到黃石河，他就順河到甜草郡。他看見下面有一個小鎮，他就降落在學校旁等男女學童放學。路易士舉頭望每個男學童，希望能看見山姆，但山姆並不在那裡。

「鎮不對，學校也不對，」路易士想：「我再試試看。」他飛走，又看見另一個鎮，找到了學校，但學童早已放學回家了。

「反正我到四處看一看好了。」路易士心想。他不敢走上大街，恐怕有人會拿槍射他。他只敢在空中盤旋，飛得低低的，一見男孩就仔細看。大約過了十分鐘，他看見牧場上一棟房屋的廚房門口，有個男孩在劈柴。那男孩有一頭黑髮。路易士滑翔下來。

「我運氣好，」他想：「是山姆。」

山姆看見天鵝後，放下斧頭靜靜地站著。路易士膽怯地走上前，然後低頭解開山姆的鞋帶。

「你好！」山姆用友善的聲音說。路易士嘗試說鈞賀，但沒有聲音從他喉嚨中發出來。

「我認識你，」山姆說：「你就是從來不說話又曾拉我鞋帶的那一隻。」

路易士點頭。

「我很高興看見你，」山姆說：「有什麼要我效勞呢？」

路易士只乾瞪著眼。

「你餓嗎？」山姆問道。

路易士搖頭。

「渴嗎？」

路易士搖頭。

「你要跟我們在這牧場上過夜嗎？」山姆問道。

路易士點頭並上下雀躍。

「好啊，」山姆說：「我們有的是房間，只要得到我父親允許就行了。」

山姆拿起斧頭，放一根柴在砧板上，一斧把柴劈成兩半。他望著路易士。

「你的嗓子有毛病，是不是？」他問道。

路易士點頭，一邊使勁地上下引頸。他知道山姆是他的朋友，雖然他不知道山姆還曾救了他母親的性命。

不久畢先生騎著一匹趕牛的馬進院子來，下馬把馬繫在橫欄上。「那是什麼東西？」他問山姆。

「是一隻小喇叭手天鵝，」山姆說：「他只有幾個月大。你讓我留他一陣子好嗎？」

「好是好，」畢先生說：「我想養野鳥在家是違法的。但我會打電話給狩獵管理員，看他說什麼。如果他說好，你就可以收留他。」

「告訴管理員天鵝有毛病。」在他父親往屋裡走時，山姆高聲說。

「他有什麼問題？」他父親問道。

「他有語言的問題，」山姆回答道：「他喉嚨有毛病。」

「你在說什麼？誰曾聽說一隻天鵝有語言的問題？」

「不錯，」山姆說：「這是一隻不會叫的喇叭手天鵝，他有缺陷，他不會出聲。」

畢先生望著他的兒子，好像不知道該不該相信他，但他走進屋裡，數分鐘內他回來。「管理員說假如你能幫助小天鵝，你就可以留他在這裡一陣子。但他遲早得回到紅石湖，到他該在的地方去。管理員說他不會讓任何一個人留下天鵝的，他讓你留是因為你懂鳥，他又信任你。兒呀，這是很大的誇獎哩。」

畢先生看起來得意，山姆看起來高興，而路易士如釋重負。過了一會兒大家都進廚房去吃晚餐。畢太太讓路易士站在山姆的椅旁。他們餵他吃些玉米和燕麥，味道都很好。山姆就寢時，他要路易士睡在他房裡，但畢太太說不行。「他會把房間弄得亂七八糟。他不是金絲雀，他太大了。把鳥放在外面穀倉裡，他可以睡在一間空馬廄裡，馬不會介意的。」

第二天早晨，山姆帶路易士上學。山姆騎小馬，路易士跟著飛。在學校裡，全校的學童看見這隻脖子長、眼睛亮、兩腳大的大鳥，都很驚奇。山姆介紹他認識一年級的韓老師，她是一位又矮又胖的女老師。山姆解釋說路易士因為喉嚨不會發聲，想要學會讀和寫。

韓老師瞪著路易士看，然後她搖頭。「鳥不行！」她說：「我麻煩已經夠多了。」

　　「拜託，韓老師，」山姆說：「請你讓他站在你班上學習讀書和寫字。」

　　「爲什麼一隻鳥需要讀和寫？」老師回答道：「只有人需要互相溝通。」

　　「那倒不然，韓老師，」山姆說，「請你原諒我這麼說。我曾長期觀察禽獸。一切禽獸都能互相交談——爲了融洽相處，他們的確非這樣不可。做母親的要跟兒女講話；雄性要跟雌性講話，尤其是在每年春天談戀愛的時候。」

　　「戀愛？」韓老師說。聽到這一點，她似乎豎起耳朵來：「你懂什麼叫愛？」

　　山姆臉紅了。

　　「他是哪一種鳥？」她問道。

　　「他是一隻小喇叭手天鵝，」山姆說：「現在他是暗灰色的，但過一年後，他會變成你見過最美的東西——純白的，只有喙和腳是黑的。他春天在加拿大孵化，現在住在紅石湖，但他不會像其他的天鵝那樣說鈞賀，這教他很吃虧。」

　　「爲什麼？」老師問。

　　「因爲就是這樣，」山姆說：「假如你想說鈞賀，但什麼聲音也發不出來，難道你不會擔憂嗎？」

　　「我不想說鈞賀，」老師回答道：「我連鈞賀的意思都不懂。山姆，反正這是一樁很笨的事。爲什麼你認

為一隻鳥會學讀和寫呢？那是不可能的。」

「給他一個機會嘛！」山姆懇求的說：「他很守規矩，也很聰明，他又有這嚴重的語言缺陷。」

「他的名字是什麼？」

「我不知道。」山姆回答道。

「要是，」韓老師說：「他來上我的課，他必須有個名字。也許我們問得出來。」她望著天鵝。「你叫喬嗎？」

路易士搖頭。

「強納遜？」

路易士搖頭。

「唐納德？」

路易士又搖頭。

「你的名字是路易士？」韓老師問道。

路易士猛點頭，上下雀躍，並拍翅膀。

「我的天哪！」老師大喊。「瞧他的翅膀好大呀！好啦，他的名字是路易士──那錯不了。好吧，路易士，你可以來上課。就站在這裡黑板旁邊。不許弄亂教室。假如你因故需要離開教室，舉起一隻翅膀。」

路易士點頭。一年級生都歡呼，他們喜歡新同學的模樣，都急著要看他的表現。

「安靜，小朋友！」韓老師嚴厲地說。「我們從 A 這個字母開始。」

她拿起一根粉筆在黑板上寫了一個大大的 A。「現在你來試試看，路易士！」

路易士用喙銜起一根粉筆，在老師寫的 A 下面畫了一個一模一樣的 A。

　　「你明白嗎？」山姆説：「他是一隻不尋常的鳥。」

　　「嗯，」韓老師説：「A 容易嘛！等我給他難一點的。」她寫 CAT（貓）在黑板上。「讓我看你寫貓字，路易士！」

　　路易士寫了貓字。

　　「嗯，貓也容易嘛！」老師喃喃道：「Cat 容易，因爲字短。有人想得出比 Cat 長的字嗎？」

　　「Catastrophe（大災難）。」坐在第一排的納爾遜説。

　　「好極了！」韓老師説。「這是一個很難的好字。但有人知道它的意義嗎？什麼是一個大災難？」

　　「地震。」一個女生説。

　　「對！」老師回答道。「還有別的嗎？」

　　「戰爭是一個大災難。」納爾遜説。

　　「對！」韓老師回答道。「還有什麼呢？」

　　一個個子很小，名叫珍妮的紅髮小女孩舉手。

　　「好，珍妮？什麼是一個大災難？」珍妮用又細又尖的聲音説：「當你準備好跟父母親去野餐，你做好花生醬三明治和果凍麵包捲，把它們放在一個保溫箱裡面，另外還有香蕉和蘋果和一些葡萄乾餅乾和餐巾紙和幾瓶汽水和幾個煮蛋，然後你把保溫箱放在你汽車上，就剛在你要出門時，天開始下雨，你雙親就説：『算

了，幹麼要在雨中野餐？』那就是一個大災難。」

「很好，珍妮，」韓老師說：「這不像地震那麼糟糕，也不像戰爭那麼可怕；但一次野餐因下雨取消了，對一個小孩子來說，我想，也可以算是一個大災難。無論如何，大災難是一個好字，我敢打賭。沒有鳥能寫那個字。假如我能教一隻鳥寫大災難，那就會成爲整個甜草郡的大新聞。生活雜誌會刊登我的照片，我會成爲名人。」

　　一邊想著這些事情，她走到黑板前寫了

CATASTROPHE。

「好，路易士，讓我們看你寫！」

路易士用喙撿起一枝新粉筆。他好怕。他仔細地看那個字。「一個長字，」他想：「實際上並不比一個短的難。我一次只要抄一個字母，很快就會抄完了。再說，我的一生就是一個大災難。沒有聲音是一個大災難。」然後他開始寫了 CATASTROPHE，每一個字母他都寫得很工整。 在他寫到最後一個字母時，學童們都拍手、跺腳和敲書桌，還有一個男生很快摺了一架紙飛機，把它射上天去。韓老師敲講臺叫大家安靜。

「很好，路易士，」她說：「山姆，你可以回自己的教室了，你不該在我班上，去跟五年級的在一起吧，我會照顧你的天鵝朋友的。」

山姆回到自己的教室，坐在他的座位上，事情能這樣發展，他感到很快樂。五年級班正在上算術課。他們的老師舒小姐，用一個問題來迎接山姆。舒老師年輕又漂亮。

「山姆，假如一個人一小時能走三哩，四小時能走幾哩呢？」

「那要看第一個小時後他有多累才知道。」

其他學生哄堂大笑。舒老師敲敲講臺叫大家安靜。

「山姆說得對，」她說：「我從來沒有用那種方式來看這個問題。我總認為那個人四小時能走十二哩，但山姆可能是對的：那個人在第一個小時後可能覺得沒那麼有勁。他可能拖著腳步走。他或許會慢下來。」

艾爾伯特舉手。「我父親認識一個人，他想試著走十二哩路，結果心臟病發作死了。」艾爾伯特說。

「哎唷，我的天！」老師說：「我想那也有可能發生。」

「四小時內任何事情都可能發生，」山姆說：「一個人的腳後跟可能起水泡。不然他可能發現一些長在路旁的草莓，就停下來採草莓。就算他不累或不起水泡，採草莓也會讓他慢下來。」

「真的會，」老師表示同意。「好，小朋友，我想，因為畢山姆的緣故，我們今天早晨學了很多算術。現在有一個問題給女生做。假如你用奶瓶來餵嬰兒，你每一次餵給嬰兒八盎斯（英、美國液量單位）牛奶，餵兩次，嬰兒會喝多少盎斯的牛奶？」

琳達舉手。

「大約十五盎斯。」她說。

「為什麼這樣？」舒老師問道。「為什麼嬰兒不是喝十六盎斯呢？」

「因為他每次都漏掉一點點，」琳達說：「牛奶從他的嘴角流出來，沾到他媽媽的圍裙上了。」

到這時候全班吼叫得那麼大聲，算術課也上不下去了。但大家都學會在處理數字時要格外小心。

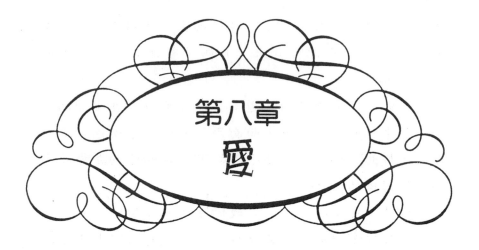

第八章
愛

　　路易士的父母親發現路易士不見時，他們覺得很難過。紅石湖從來沒有小天鵝失蹤——只有路易士。

　　「現在問題發生了，」公天鵝對他的妻子說：「我是否該動身去尋找我們的兒子？現在正當秋季，不久冬天就要來臨，我不太想離開這些美麗的湖泊。我實在是一直期盼這個時節的安寧、平靜，以及和其他水禽的交往。我喜歡這裡的生活。」

　　「除了你個人的舒適外，還有一件小事要考慮，」他的妻子說：「你有沒有想到我們根本不知道路易士離開時往哪個方向走？我不知道他去哪裡，你也一樣。假如你要啟程去找他，你要往哪裡飛？」

　　「分析到最後，」公天鵝回答說：「我相信我會往南飛。」

　　「你說『分析到最後』是什麼意思？」母天鵝不耐煩地說：「你什麼東西都沒分析過。你為什麼說『分析

到最後』？還有你爲什麼選擇往南去尋找路易士？還有其他的方向。有北，有東，有西。有東北，東南，西南，西北。」

「對，」公天鵝回答道：「還有很多夾在中間的方向，像東北北，東南東，西南西。甚至有東南南偏東，還有西偏北半個北。一隻小天鵝可飛走的方向是幾乎多到無法想像的。」

於是決定不尋找了。「我們在這裡等著瞧，看到底是發生什麼事情吧！」公天鵝說：「我覺得路易士在時機成熟時一定會回來。」

好幾個月過去了。冬天降臨紅石湖。夜都長、黑而冷。日都短、亮而冷。有時風起，但天鵝和鴻、雁都安全又快樂。流注湖中的溫泉使湖面那一帶不會被冰覆蓋——不論怎樣冷，湖上總有不冰封的地方，食物也很充足。有時有人帶著一袋穀子來，把穀子灑在鳥吃得到的地方。

冬去春來，春去夏來。一年過去了，現在又是春天。路易士仍然無影無蹤。然後有一天早晨，路易士已長成的兄弟在玩水球時，有一個舉頭看見一隻天鵝從天上飛來。

「鈞賀！」這隻幼鵠大喊。他衝到父母親前面說：「瞧！瞧！瞧！」

湖上的水禽都轉頭向上凝望即將飛臨的天鵝。天鵝在天上盤旋著。

「是路易士！」公天鵝說。「但用一條繩子掛在他

脖子上的奇怪小東西是什麼？那是什麼？」

「等著瞧，」他的妻子說：「也許是一件禮物。」

路易士從天上俯視，發現了像家人的天鵝群。確定以後，他滑翔下來，在湖上滑水，停住。他母親衝上前擁抱他，他父親高雅的弓頸展翅歡迎他。大家都吶喊「鉤賀」和「歡迎回來，路易士！」全家都欣喜欲狂。他已走了一年半──快有十八個月了。他看起來更老成，更英俊。他的羽毛都是純白的，不再是暗灰色。用一條帶子掛在他頸上的是一塊小石板。用一條繩子繫在石板上的是一枝白粉筆。

一家人歡迎完畢，路易士用喙銜起粉筆寫了「嗨，大家好！」在石板上。他焦急地拿出石板給大家看。

公天鵝瞪著看，母天鵝瞪著看，幼鵲瞪著看，他們一直乾瞪眼。石板上的字對他們毫無意義，他們不識字。一家人從來沒一個曾看見一塊石板，或一支粉筆。路易士向家人問候的嘗試失敗了。他覺得他好像浪費了一年半的光陰去學校學寫字。他覺得異常沮喪。當然，他沒法說出來。他能獻給大家的只是寫在石板上的問候。

最後他的父親公天鵝說話了。

「路易士，我的兒，」他用他渾厚、宏亮的聲音開始說：「這是我們期待已久的日子──你回到我們在紅石湖保護區的日子。沒有人能夠想像我們再見你時，歡樂之廣或情感之深，你不在我們之間如此之久，住在我們不知道的異鄉，從事我們僅能猜測的事。再看見你的

容顏是多麼好！我們希望在你漫長的失蹤期間身體健康，住在我們不知道的異鄉，從事我們僅能猜測之事——」

「那個你已經講過一遍了，」他的妻子說：「你重複說同樣的話。不管路易士曾住在哪裡或幹什麼事情，他遠道回來一定累了。」

「很對，」公天鵝說：「但是我必須把我的歡迎詞再致上長一點兒，因為我的好奇心都被路易士佩在頸上的奇怪小東西，還有他用那白色物體在上面上下擦，而留下一些奇怪的符號給勾引起來了。」

「好啦，」路易士的母親說：「我們自然全都對它感興趣；但路易士有缺陷，不能講話，不能說明給我們聽。所以，我們只好暫時忘掉我們的好奇心，讓路易士洗個澡和用餐。」

大家都認為這是個好主意。

路易士游到岸邊，把石板和粉筆放在一叢小樹下，洗了一個澡。洗過後，他用翅尖沾水，很傷心地把「嗨，大家好！」這些字擦掉。然後他又把石板掛在頸上。回家團聚感覺真好。在他和山姆上學期間，他的家增添了不少口。現在有六隻新出生的幼鵠。路易士的父母親夏天到加拿大度假，他們在那邊築巢孵了六隻幼鵠；而在秋天，他們全家又在蒙大拿的紅石湖聚在一起。

一天，在路易士回來後不久，送穀的人帶著一袋穀子來。路易士看見他就游過去。那人把穀子灑在地上餵

鳥時，路易士拿下他的石板寫下「多謝你！」他拿起石板給那個人看，那人大吃一驚。

「哎呀，」那人說：「你是一隻了不起的鳥。你在哪裡學寫字的？」

路易士擦一擦石板，寫：「在學校。」

「學校？」送穀的人說：「什麼學校？」

「公立學校，」路易士寫道：「韓老師教我的。」

「沒聽過她，」送穀的人說：「但她一定是一位好老師。」

「她是的。」路易士寫道。能夠跟一個陌生人交談，他真是樂透了。他體會到石板雖然在和其他的鳥一起時沒有用，但是和人在一起則有用處，因為人類識字，這使他覺得好過很多。畢山姆在路易士離開牧場時送他這塊石板當臨別禮物。山姆是用他儲蓄的錢買石板和粉筆。所以路易士決定不論他到哪裡，都要帶著這兩樣東西。

送穀的人不知道他到底是在做夢，還是真的看見一隻天鵝寫字在石板上。他決定不跟任何人說這件事，因為怕人家以為他是神經病。

•　　•　　•

春天是鳥類求偶的時節。暖和芬芳的春風在年輕天鵝的心中撩起奇異的情緒。雄性開始注意雌性，他們在女性前面誇耀作態；而雌的也開始注意雄的，但她們裝作什麼也沒看見，佯作羞答答的樣子。

路易士有一天感覺到好奇妙，他知道他一定在戀愛了，他也知道是愛上哪一隻鳥。每回他從她身邊游過，他能感覺心跳加快，滿腦子是愛慕的情絲。他心想，從沒見過這麼美的年輕雌天鵝。她身材較其他鳥嬌小些，但跟湖中其他朋友相比，她似乎有一條更高雅的頸子和迷人的風韻。她名叫西琳娜。他但願能做一件引起她注意的事。他想要她作配偶，但無法如此告訴她，因爲他不會出聲。他繞著她一圈圈地游，上下引頸，而且大大表演潛水並停在水下，證明他比任何鳥都能久久屏住呼吸。但那小嬌娘不注意路易士耍寶，而且裝作他不存在。

當路易士的母親發現路易士在追求一隻年輕的雌天鵝時，她就躲在一叢蘆葦後看進展如何。她從他的動作看得出他正墜入情網，但是她也看見路易士並沒有成功。

有一回，路易士奮不顧身游到他的意中人西琳娜前面鞠一個躬。他的石板，像平常一樣掛在頸上，然後用喙銜起粉筆，寫了「我愛你」在石板上拿給她看。

她瞪眼看了石板一下子，然後游走。她不識字，雖然她頗喜歡頸上掛著東西的雄天鵝模樣，但她實在沒辦法對一隻什麼話也說不出來的鳥感興趣。一隻喇叭手天鵝居然不會高聲鳴叫，對她而言，就是個沒用的束西。

路易士的母親看到這裡，她就去找她的丈夫，公天

鵝。

「我有樁新聞告訴你，」她說：「你的兒子路易士在戀愛了，他選上的天鵝、所愛慕的雌天鵝，對他不理不睬。這正跟我的預言一樣：路易士因為沒有聲音，無法得到配偶的。那隻他追求的小娘子亂擺臭架子的樣子，害得我的頸子好痛，但是總之，我為路易士難過。他想她是湖上最了不起的東西，他又不會說『鈞賀，我愛你。』而這正是她等著要聽的話。」

「哎呀，這真是糟糕的新聞，」公天鵝說：「意義重大的新聞，我知道戀愛的滋味。我歷歷記得愛能夠有多麼痛苦，是多麼刺激，而且，在萬一失敗時，多麼的失望，日日夜夜是多麼的悲哀。但是我身為路易士的父親，我不會心甘情願接受這個局面。我要行動。路易士是一隻喇叭手天鵝，水禽中最高貴的鳥。他開心、樂觀、強壯、有力、有朝氣、善良、勇敢、英俊、可靠、值得信賴，是一名偉大的飛行員，一個了不起的游泳好手，大無畏、有耐心、忠誠、老實、有大志、有大……」

「等一下，」他的妻子說：「你用不著告訴我這些東西。重點是，你要怎麼幫路易士找到一個好配偶？」

「我以我自己高雅的方式，很快就要談到這一點了，」公天鵝回答道：「你說這隻年輕雌天鵝想聽路易士說，『鈞賀，我愛你』嗎？」

「正是。」

「那麼她就要聽到了！」公天鵝大聲宣布。「人類

製造了器具——號角、喇叭和各種樂器。這些器具能夠產生類似我們高聲鳴叫的聲音。我將開始尋找一種這樣的器具，假如我必須到天涯海角去找一把喇叭給我們的兒子，我最後一定會找到帶回家給路易士。」

「嗯，要是我可以提出一個建議的話，」他的妻子說：「別到天涯海角去，到蒙大拿的比林斯，它近一點。」

「很好，我試試看比林斯。我將在比林斯找一把喇叭。現在，閒話少說，我要趕快去。沒有光陰可以虛擲，春天不會永駐，愛情也是稍縱即逝，每一分鐘都算數。我就在此刻前往蒙大拿的比林斯，一個充滿生命和人造物品的大城市。珍重，吾愛！我馬上就回來！」

「你要拿什麼當錢用？」他的實事求是的妻子問道：「喇叭是用錢買的。」

「我自會安排。」公天鵝回答。說完，他起飛上天空。他很陡地往上爬昇，像一架噴射機，然後擺平身子，往東北方快速高飛。他的妻子目送他直到不見為止。「好一隻天鵝！」她喃喃道：「我只希望他知道他在幹什麼就好了。」

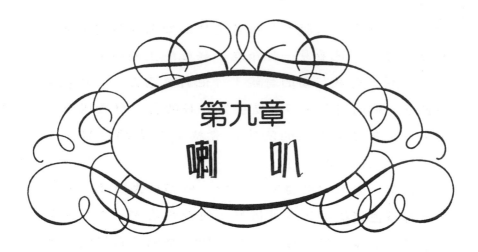

第九章

喇　叭

　　在公天鵝鼓著有力的白翼飛往比林斯時，各種煩惱的想法在他腦海中打轉。公天鵝從未尋找過喇叭，而且也沒有錢可以買一把。他生怕到達時，店已經打烊了。他曉得在整個北美洲大陸，他無疑是世界獨一無二的一隻正前往城裡找喇叭的喇叭手天鵝。

　　「這是奇怪的冒險，」他自言自語說：「然而也是一種高貴的追求。為了幫助我兒子路易士，我什麼都願意做———即使碰上真正的麻煩。」

　　在向晚時分，公天鵝向前望，遠處只見比林斯的教堂、工廠、商店和住宅，他決定迅速又大膽地行動。他在城上盤旋了一圈找樂器店。突然他看見了一家，店面有很大又很寬的玻璃窗。公天鵝飛低些又盤旋，以便看得更清楚，他凝視店裡，他看見一面漆成金黃色的鼓，也看見一把附著電線的別致吉他。他還看見一架小鋼琴。，以及五弦琴、號角、小提琴、曼陀林、鐃鈸、薩

克斯風、木琴、大提琴和很多其他的樂器。然後他看見他要的東西，他看見一把吊在一條紅繩上的銅喇叭。

「現在是我行動的時候！」他對自己說。「現在是我孤注一擲的時刻，不管這樣做於我的良心會造成多大的不安，而且在人類的法律上會構成多重的侵犯。衝呀！願上天保佑我！」

說著，老天鵝斂翅準備俯衝。他瞄準大窗子。他把頸子伸得直挺挺的，以備撞擊。他飛快俯衝，以全速擊中窗子。玻璃破了，聲音振耳欲聾，整間店在搖擺。樂器掉下地來，玻璃碎片也到處飛，一名女店員昏倒了。公天鵝感到一陣刺痛，那是一塊尖銳的玻璃碎片割破了他的肩膀，但他用喙抓了喇叭，在空中轉了一個急轉彎，穿過窗上的洞飛回去，開始在比林斯的屋頂上方迅速往上爬昇。有幾滴血掉到地面上，他的肩膀發痛；但他已成功地獲得他前來尋找的東西。牢牢銜在他喙裡，上面有紅繩隨風飄蕩的，正是一把美麗的銅喇叭。

你想像得出公天鵝衝出窗子時，樂器店裡的喧鬧聲嗎？在玻璃破碎的那一刻，有一名店員正拿一面低音鼓給顧客看，那店員看見一隻大白鳥從窗子飛進來嚇得六神無主，他用鼓槌重重地敲了那面鼓一下。

「碰！」鼓響了。

「克拉！」這是橫飛的玻璃碎片聲。

女店員昏倒時，她跌在鋼琴的琴鍵上。

「勒隆基，勒隆基，勒隆基！」鋼琴響了。

店東抓起獵槍，槍在亂中走火，把天花板打了一個

大窟窿，弄得灰泥如雨紛飛。每一樣東西都四處亂飛、掉下來，產生很多的聲音。

「碰！」鼓響了。

「普瑯！」五弦琴響了。

「勒隆基，勒隆基，勒隆基！」鋼琴響了。

「嗡普！」低音大提琴響了。

「救命呀！」一名店員尖叫：「搶劫啊！」

「讓開！」店東吶喊道。他向門跑去，走到門外，對著那隻逐漸消失的鳥又放了一槍——砰！他射得太遲了。公天鵝安然在天上，在射程之外。他高高在比林斯的屋頂和尖塔之上，朝西南方，往他的家飛去。在他喉裡是一把喇叭。在他心裡是犯了罪的痛苦。

「我搶了一間店，」他對自己說：「我已變成一個強盜。我本是一隻品格優良，理想崇高的鳥，這是何等可悲的命運！為什麼我做這件事？是什麼教我犯了這可怕的罪？我過去的一生無懈可擊——一個行為端莊，舉止正當的模範。我天性守法。為什麼，啊，為什麼我做了這件事？」

然後，當他在傍晚的空中穩定往前飛時，他想到答案。「我這樣做是為了幫助我兒子。我這樣做是因為我愛我兒路易士。」

回頭再看比林斯，新聞很快地傳開了。這是第一次有一隻天鵝闖進一家樂器店，帶著一把喇叭逃走。很多人都難以相信會發生這種事。報社的編輯派了一位記者到店裡去看。記者訪問店東，為報紙寫了一篇報導。標

題是：

大鳥闖入樂器店

————

白天鵝衝破櫥窗，
捲逃貴重喇叭

　　比林斯的每一個人都買了一分報紙，細讀這樁異常的事件。全鎮都在談論這件事。有些人相信；有些人則說絕不可能發生。他們說這純是店東捏造的，用來爲他的店作廣告罷了。但店裡的店員都異口同聲地說的確發生過。他們指著地上的血滴爲證。

　　警方前來調查損失，據估計大約九百元。警方答應要設法把強盜逮捕歸案，但警方一聽說強盜是一隻鳥時，就覺得爲難了。「鳥是一個特殊的問題，」他們說：「鳥很棘手難辦。」

　　　　　•　　　　•　　　　•

　　再回頭看紅石湖這邊，路易士的母親焦急地等候丈夫歸來。當他在夜空出現時，她看見他帶著一把喇叭，喇叭用條繩子掛在他頸上。

　　「好啦，」當他在水面慢滑到停止時，她說：「我看你成功了。」

　　「我成功了，親愛的，」公天鵝說：「我飛得快又遠，犧牲了我的榮譽，我終於回來了。路易士在哪裡？我要馬上給他喇叭。」

　　「他就在那邊，蹲在麝鼠的屋頂上發呆，想他愛得

發瘋的那隻沒腦袋的雌天鵝。」

公天鵝向他兒子游過去，並發表了一篇贈送演說。

「路易士，」他説：「我曾遠行到人群聚集的地方。我拜訪了一座充滿生命和商業的大城。在那邊的時候，我挑選了一件禮物給你，這禮物我現在用我的愛和我的祝福贈給你。路易士，這是一把喇叭，它會成爲你的聲音——代替上帝沒有給你的聲音。學習吹它，路易士，你的生活便會更順利，更豐富，更愉快！有了這支喇叭的幫助，你終於像所有天鵝一樣，會説鈞賀了。音樂之聲會盈滿我們的耳朵。你將能夠贏得年輕可人的雌天鵝注意。精通這把喇叭，你便能爲她們吹情歌，使她們滿心是熱情、驚奇和相思。我希望，路易士，它會爲你帶來幸福和更好的新生活。我是犧牲了一些自我和自尊才獲得它的，但是我們目前不必細説。總而言之，我沒有錢，我沒付款就拿了喇叭。這是可悲的。但重要的是，你要學會吹這樂器。」

這樣説著，公天鵝從頸上解下喇叭，把它掛在路易士的頸上，和石板及粉筆在一起。

「健康時佩帶著它！」他説：「快樂時吹它！教森林、山岡和沼澤處處回響著你青春之慾的聲音！」

路易士想向他父親道謝，但他一個字也説不出來。他也知道在石板上寫「謝謝您」沒有用，因爲他父親從沒受過教育，是不識字的。所以路易士只好點點頭，搖搖尾和拍拍翅膀。公天鵝從這些動作知道他贏得兒子的青睞，也知道兒子笑納了喇叭這件禮物。

第十章
錢的煩惱

　　路易士是上紅石湖區最受歡迎的年輕雄天鵝，他也是裝備最齊全的。他不但在脖子上掛著一塊石板和一枝粉筆，他還有一把繫紅繩的銅喇叭。年輕的雌天鵝開始注意他，因爲他看起來完全與衆不同。他鶴立雞群，別的天鵝都沒佩帶東西。

　　路易士喜歡新喇叭。他得到喇叭的頭一天，整天都在嘗試教它吹出聲。拿著喇叭不容易，他嘗試了好幾種不同的姿勢，彎下頸來吹。起初，沒聲音出來。他越吹越使勁，鼓起腮幫子，弄得滿臉通紅。

　　「這眞的好難。」他想。

　　但後來他發現，把舌頭放在某個位置，他能讓喇叭發出希胡希胡的小聲音。那聲音不好聽，但至少是個聲音。它聽起來像熱氣從暖氣機裡跑出來。

　　「普烏佛，普烏佛，」喇叭響道。

　　路易士勤練不輟。最後，在嘗試的第二天，他令它

奏出一個音———一個清晰的音。

「鈞！」喇叭響著。

路易士聽見時，心跳加快了一倍。一隻在附近游泳的雁，停下來聽。

「鈞！鈞——依——烏——烏胡。」喇叭如是響著。

「這很費時間，」路易士想：「我不會一天就變成喇叭手，那是一定的。但羅馬不是一天造成的，即使要花整個夏天，我也要學會吹這喇叭。」

路易士除了學喇叭外，還有別的煩惱。舉個例子說，他知道他的喇叭沒付帳，是偷來的，他十分不喜歡這種事。還有，西琳娜，那隻他愛上的雌天鵝飛走了。她和好幾隻年輕天鵝離開紅石湖，向北飛到蛇湖去了。路易士生怕永遠不能再看見她。所以他現在只剩一顆破碎的心，一把偷來的喇叭，而且沒有人來教他吹。

每逢困難，路易士都會想起畢山姆。山姆曾幫助過他，也許他會再幫他。此外，春天教他坐立不安，他感覺到一種要離湖飛往別處的衝動。所以有一天早晨他就起飛，直往甜草郡山姆住的無忌牧場飛去。

飛行如今不像從前那麼容易。如果你曾這樣飛過——帶著一把喇叭在頸上搖晃，一塊石板在風中飄盪，一枝粉筆在繩末蹦跳，你就知道飛行有多困難了。路易士體會到行李輕便，沒有太多東西絆身有種種好處。話雖如此，他是一位高明的飛行家，而石板、粉筆和喇叭都是他要緊的東西。

當他到達山姆住的牧場時，他盤旋了一圈，然後滑翔下來，走進穀倉。他看見山姆正在刷他的小馬。

　　「哎唷，瞧誰在這裡！」山姆大喊著說：「你頸上那麼多東西，活像一個旅行推銷員。我真高興見到你。」

　　路易士把石板靠著馬廄撐起來，「我有麻煩」他寫道。

　　「什麼事？」山姆問道：「你從哪裡弄到喇叭？」

　　「正是這個麻煩，」路易士寫著：「我父親偷來的。他把喇叭給我，因為我沒聲音。喇叭還沒有付錢。」

　　有一會兒，他光瞪著天鵝看。最後他說：「你有錢的問題，那並不異常。幾乎每一個人都有錢的問題。你需要的是一分工作。那麼你能把賺的錢存起來，等你存夠錢，你的父親就能還錢給喇叭的原主。你真的能吹那個東西嗎？」

　　路易士點點頭。他舉起喇叭湊近他的喙。

　　「鉤！」喇叭響出聲音。小馬聽了跳起來。

　　「嘿！」山姆說。「那很好。你還知道別的音嗎？」

　　路易士搖頭。

　　「我有個主意，」山姆說：「今年夏天，我在安大略男童子軍營裡有一分當初級輔導員的工作，那是在加拿大。假如你能再學幾個音，我敢打賭，你能找到一分當營地號手的工作。營地要一個會吹號的人。主意是這

75

樣的：一大早你吹很多響亮快速的音符叫醒男孩兒們，那稱為『起床號』。然後你吹些別的音符叫露營的人來吃飯，那稱為『用膳號』。然後在夜裡當大家都上了床，天上的光漸漸暗了，湖上很安靜，營帳裡蚊子忙著咬男孩子，而男孩子在床上也越來越睏，這時候，你吹一些非常柔和、甜美又哀傷的音符，那稱為『熄燈號』。你要跟我去營地試試看嗎？」

「我什麼都願意試，」路易士寫著：「我急需錢。」

山姆暗笑。「好，」他說：「童軍營還有約三個星期才開始，你有時間學這些號聲。有一種音樂書講號聲要用哪些音符，我會買一本給你。」

山姆果然買了。他找到一本軍號書，那是在陸軍裡專用的書。他把說明念給路易士聽：「站直。手上的喇叭永遠與身體成九十度。喇叭不可朝地下，因為這個姿勢會妨礙肺部，並使吹奏者儀表極不雅觀。樂器應每週清潔一次，除去口水。」

每天午後，畢先生牧場上的客人成群結隊外出郊遊時，路易士就練習吹號。很快地他學會吹起床號、用膳號，和熄燈號。他特別喜歡熄燈號的聲音。路易士有音樂天賦，又熱中成為一名真正的好喇叭手。「一隻喇叭手天鵝，」他想：「應該吹一手好喇叭。」他也喜歡找到一分工作並賺錢的主意。他現在正是適合工作的年齡，他快兩歲了。

在他們離家赴營的前夕，山姆把露營的東西全裝在

一個行李袋裡。他裝了網球鞋和便鞋。他裝了胸前寫著
「枯枯兮枯兮營」的運動衫。他用一條毛巾把照相機包
起來也裝進去。他裝了釣魚竿、牙刷、梳子、刷子、毛
線衣、斗篷雨衣和網球拍。他裝了一本拍紙簿、幾枝鉛
筆、一些郵票、一個急救包和一本講如何辨認鳥類的
書。在上床之前，他打開日記寫道：

> 「明天是六月的最後一天。爸要開車送路易士和我去枯枯
> 兮枯兮營。我敢打賭，它是全世界唯一有一隻喇叭手天鵝當
> 號手的男童軍營。我也喜歡有一分工作。我希望知道等我是
> 大人時我會做什麼。為什麼一隻狗醒來時總要伸懶腰？」

山姆合上他的日記，把它塞進行李袋跟其他東西在
一起，爬上床，關了燈，躺在那邊想為什麼一隻狗醒來
時總要伸懶腰，不到兩分鐘他就睡著了。路易士在外面
穀倉裡，很早以前就睡了。

第二天一大早，路易士把石板、粉筆和喇叭整齊地
掛在頸上，爬上畢先生車子的後座。這輛車是敞篷車，
所以畢先生把篷放下。山姆上車跟他父親在前面。路易
士站在後座，顯得高大、白皙又英俊。畢太太吻別山
姆。她告訴他要做乖孩子，要照顧自己，不要掉到湖
裡，不要跟別的孩子打架，不要在下雨時出門弄得全身
濕漉漉然後不加上一件毛衣就坐在寒風中，不要在森林
中迷路，不要吃太多糖和喝太多汽水，不要忘記每隔幾
天就寫信回家，也不要在湖上風大時划獨木舟出去。

山姆都答應了。

　　「好！」畢先生喊道：「我們在萬里晴空下啓程往安大略！」他發動汽車並按喇叭。

　　「再見，媽！」山姆喊道。

　　「再見，兒子！」他母親也喊道。

　　汽車向牧場的大門疾馳。正當車子在眾人視線中消失時，路易士在座位上轉身，把喇叭放在嘴上。

　　「鉤賀！」他吹著：「鉤賀，鉤賀！」

　　這聲音傳遞著──一個原始、清晰、動人心弦的呼喚。牧場上每一個人都聽見了，並因喇叭聲而振奮。它聽起來完全不像他們曾聽過的聲音。它使他們想起一切原始又美妙的東西和地方：日落、月出、山峰、峽谷、無人的溪澗和幽深的森林。

　　「鉤賀！鉤賀！鉤賀」路易士吹道。

　　喇叭的聲音漸漸消失了，牧場的人也回去吃早餐。路易士，在他去找第一分工作的路上，覺得像頭一天學飛時一樣興奮。

第十一章
枯枯兮枯兮營

　　枯枯兮枯兮營在一個小湖上，在安大略森林的深處。湖上沒有避暑的別墅，沒有汽艇，也沒有汽車奔馳而過的公路。它是一座天然湖，正好適合男孩們露營。畢先生在一條泥土道路的盡頭離開山姆和路易士，他們則划獨木舟走完到營地的最後一程。山姆坐在船尾打槳，路易士則站在船頭向前望。

　　營地上有大家用膳的大木屋一間，男孩和輔導員睡的帳篷七個，屋前碼頭一座，屋後廁所一間。四周全被森林包圍，但有一塊已開成網球場的空地。還有很多的獨木舟，可讓人划著到其他的湖上遊玩。來露營的男孩約四十名。

　　山姆的獨木舟在營地碼頭旁的沙岸著陸時，路易士舉步上岸，帶著石板、粉筆和喇叭。約有二十名男孩衝到登陸處看熱鬧，他們幾乎不敢相信自己的眼睛。

　　「嘿，瞧這是什麼！」一個男孩吼道。

「一隻鳥！」另一個喊道。「看他的塊頭眞大！」

大家擠在路易士四周，想細看一下這位新來的營友。爲了不讓路易士被擠扁，山姆只好把一些男孩推開。

「不要忙，好不好？」山姆懇求著說。

那天傍晚飯後，營地的指導員布里科先生在木屋前升起一堆大營火。男孩們圍聚在一起，他們唱歌、烤藥蜀葵，打蚊子。有時候你會聽不懂歌詞，因爲他們嘴裡含著藥蜀葵唱著。路易士沒有加入。他在一旁不遠的地方獨自站著。

過了一會兒，布里科先生起立向男孩和輔導員致詞。

「我要諸位注意，」他說：「我們中間一位新來的營友——天鵝路易士。他是一隻喇叭手天鵝，一隻稀有的鳥。我們很榮幸請到他。我聘用他，他的薪水和我給初級輔導員的薪水一樣：一季一百元。他性情溫和，但有語言的缺陷。他和畢山姆從蒙大拿來這裡。路易士是一位音樂家，像大多數音樂家一樣，他急需錢。他會在天亮時用喇叭叫醒你；他也會叫你用膳；夜裡，在你漸漸睡著時，他會吹熄燈號，那就把一天結束了。我提醒諸位尊重他，待他如同等的人——他要是用翼一拍，那可不是玩的。我現在介紹，讓諸位一飽耳福，這位是天鵝路易士。鞠個躬，路易士。」

路易士很難爲情，但他還是上前鞠了一個躬。然後他舉喇叭到嘴邊吹了一聲長長的枯——烏。他結束時，

從湖的對岸傳來回音：枯——烏。

男孩們拍手，路易士再鞠躬。畢山姆跟別人坐在一起，滿嘴都是藥蜀葵，很高興他的計畫成功了。到了夏末，路易士會有一百元。

一個名叫蘋果門‧史金納的男孩站起來。

「布里科先生，」他說：「我怎麼辦？我不喜歡鳥。我從沒喜歡過鳥。」

「沒關係，蘋果門，」布里科先生說：「你用不著喜歡鳥。假如那是你對鳥的觀感，儘管不喜歡鳥好了。每個人都有權利擁有自己的愛憎和偏好。講到這裡，我想起我不喜歡開心果冰淇淋。我不知道爲什麼我不喜歡它，我就是不喜歡。不過千萬別忘了，路易士是你們的一位輔導員。不管你喜不喜歡他，你必須敬重他。」

從來沒有露過營的新男孩裡有一個站起來。

「布里科先生，」他說：「爲什麼這個營叫枯枯兮枯兮營？枯枯兮枯兮是什麼意思？」

「它是一個印地安名字，意思是大鷗鵁。」布里科先生回答道。

這新男孩想了一下子。

「那麼你爲什麼不直接叫它做大鷗鵁營呢？」

「因爲，」布里科先生回答說：「一個營地應該有一個特殊的名字；否則它就不動聽了。枯枯兮枯兮（Kookooskoos）是個極妙的名字。它是一個長字，但只用了三個字母。它有兩個 s，三個 k 和六個 o。像這麼怪異的名字實在不多。名字越怪，營地越好。總

之，歡迎你到枯枯兮枯兮營來。它跟 moss（麋鹿）押韻——那是另一個好處。」

「現在大家都該就寢了。明天早餐前你們可以游個泳，用不著穿泳褲。你們一聽見天鵝的喇叭聲就下床，脫掉睡衣，跑到碼頭跳下水。我會比你們先到那裡，從跳臺做我有名的後滾翻，這會使我精神煥發，以便應付一天的辛勞。晚安，路易士！晚安，山姆！晚安，蘋果門！晚安，大家！」

火光漸暗。男孩們四散回到在黑暗中的帳篷。高級輔導員一起坐在門廊前抽最後一根煙斗。

山姆爬進第三帳篷裡他的毯子下，路易士則走到岸邊一塊高而平坦的岩石上，站在那裡等候。當燈火都熄了，他面對著營地，舉號到嘴邊吹熄燈號。

最後一個音符似乎在平靜的湖水上徘徊。男孩在床
上聽見美妙的聲音；他們覺得睡意綿綿，安寧又幸福

——只有蘋果門·史金納例外。他睡前也不喜歡鳥,但
是他跟其他同營帳的人一樣,很快就睡著了。他睡了,
而且在打鼾;不喜歡鳥的人常打鼾。

深沈的平靜籠罩了枯枯兮枯兮營。

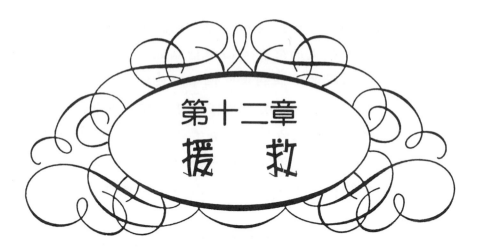

第十二章
援　救

　　路易士喜歡在湖上睡。夜裡，吹過熄燈號後，他會搖搖擺擺走下碼頭邊的沙灘。他拿下石板、粉筆和喇叭，把它們藏在一叢灌木下，然後下水。只要一浮在水上，他就把頭插在翼下。他會打盹，想家和想父母親一會兒。然後他會想西琳娜——她有多麼美和他多麼愛她，不久他就睡著了。天亮時，他會游上岸並吃一點水草當早餐。然後他佩帶上東西，爬上平坦的岩石吹起床號。男孩們聽見喇叭，會醒來衝到碼頭去晨泳。

　　晚餐後露營的人常打排球。路易士愛這個遊戲。他沒辦法像男孩一樣很快的到處跳，但他的長頸能無遠弗屆的把球頂起來過網。想把球打過路易士很難——他幾乎能把每一種殺球都擋回去。男孩們在開賽前組隊時，路易士總是第一個被選上。

　　男孩們愛在安大略的營地生活。他們學會操作獨木舟，也學會游泳。畢山姆帶他們去自然漫步，教他們靜

坐在木頭上觀察野生動物和鳥類。他指點他們在林中怎樣走才不會出很大的聲音。山姆指點他們看翡翠築巢的地方——在河堤的一個洞裡。他指點他們看鷗鴰和她的幼雛。男孩們聽見一種柔和的可—可—可—可聲時，山姆告訴他們剛剛聽見的是銼鋸梟，是梟鳥中最小的，不比一個人的手掌大。有時在半夜全營會被一隻山貓的尖叫吵醒；整個夏季沒人看見一隻山貓，但他的尖叫曾在夜間出現。

一天早晨，山姆和蘋果門‧史金納正在打網球，山姆聽見「克瑯克」的聲音。他回頭看，只見一隻鼬鼠從森林中跑出來，而鼬鼠的頭卡在一個洋鐵罐裡，他看不見要往哪裡走，所以不斷地撞上樹和石頭，鐵罐也就不停地「克瑯克、克瑯克」響。

「那隻鼬鼠有麻煩了，」山姆放下網球拍說：「他去垃圾堆裡找食物，不慎把頭伸進空鐵罐裡，現在頭出不來了。」

來了一隻鼬鼠的消息，很快地傳遍營地。孩子們跑來湊熱鬧。布里科先生警告他們不可太靠近——鼬鼠可能用臭氣噴他們。所以孩子們在四周跳來跳去，保持距離並捏著鼻子。

怎樣把鐵罐從鼬鼠頭上拿下來而不被噴臭氣是個大問題。

「他需要幫忙，」山姆說：「假如我們不把鐵罐弄掉，那隻鼬鼠會餓死。」

男孩們全都有意見。

一個男孩說他們應該做一副弓箭，繫一條繩在箭上，用箭射鐵罐。然後，當他們射中鐵罐，他們把繩子一拉，鐵罐就會從貂鼠頭上掉下來。然而沒有人在意這個建議——它聽起來太費工夫了。

　　另一個男孩建議兩個男孩爬到樹上，一個男孩用腳倒掛在另一個男孩手裡，等到貂鼠從樹下走過，那位用腳倒掛的男孩便伸手下去把鐵罐拉開，假如貂鼠噴臭氣，臭氣也不會打中那孩子，因為他是懸在半空中的。但是也沒有人重視這個建議。布里科先生完全不贊成，他認為這個建議非常不實際，而且他也不允許這樣做。

　　另一個男孩建議他們弄一大塊木頭，塗上膠水，等貂鼠撞上它，鐵罐就會黏在木頭上。還是沒有人重視這個建議；更何況布里科先生說他一點膠水也沒有。

　　大家紛紛提出建議時，畢山姆靜悄悄地走到他的營帳裡，不到幾分鐘，他帶著一根長竿和一條釣魚線回來。山姆把釣魚線的一端綁在竿上，然後在線的另一端打了一個活結，構成一個圈套。他爬上門廊的頂上，叫別的男孩不要太靠近貂鼠。

　　這時候貂鼠一直在四處亂闖、瞎撞上東西，樣子真可憐。

　　山姆手拿著魚竿，耐心地在門廊頂等候。他看起來像漁夫等魚兒上鉤一樣。當貂鼠遊蕩近屋子時，山姆將魚竿伸過去，在貂鼠前面搖擺圈套，把圈套套在鐵罐上，猛一拉。圈套縮緊，鐵罐拉下來了。在鐵罐拉下來時，貂鼠馬上轉身噴氣——正好噴中布里科先生。他向

後跳，絆到腳，跌倒了。男孩們全都跳起來，捏著鼻子。布里科先生站起來，拍掉身上的灰塵。空中有一股強烈的鼬鼠臭味。布里科先生身上也有。

「恭喜，山姆！」布里科先生說：「你解救了一隻野生動物，你也給枯枯分枯分營一點兒有野趣的異香。我深信我們很久以後仍會記得這樁惡臭事件。我想我們是忘不了的。」

「鈞賀！」路易士舉起喇叭高喊，聲音在湖上回響。空中有濃烈的鼬鼠騷味。男孩們跳了又跳，捏著鼻子。有些人捧著肚子假裝要嘔吐。然後布里科先生宣布晨泳的時候到了。

「游個泳可以淨化空氣。」他一面說一面走開，去他屋裡換衣服。

· · ·

每天午餐後，露營的人都回營帳裡休息。有的看書。有的寫信回家，告訴父母伙食有多糟糕。有的光躺在行軍床上聊天。一天午後在午休期間，蘋果門營帳裡的男孩們開始取笑他的名字。

「蘋果門·史金納，」有個男孩說：「你從哪裡弄來這麼古怪的名字，蘋果門？」

「我的父母給我的。」蘋果門回答道。

「我知道他的名字是什麼。」另一個男孩說：「酸蘋果門。酸蘋果門·史金納。」男孩們一聽就吼叫，並開始唱，「酸蘋果門，酸蘋果門，酸蘋果門。」

「安靜！」營帳隊長大喝道。

「我不認爲這很有趣。」蘋果門說。

「他的名字不是酸蘋果門，」另一個男孩悄悄地說：「他的名字是蟲蛀蘋果門。蟲蛀蘋果門·史金納。」一陣哄笑，大家都贊同這個建議。

「安靜！」營帳隊長大喝道。「我要這營帳裡安靜。不要打擾蘋果門！」

「不要打擾爛蘋果門！」另一個男孩悄悄地說。有些男孩不得不用枕頭把頭蒙住，以免他們的竊笑被人聽見。

蘋果門生氣了。午休過後，他快步走到碼頭。他不喜歡被人家取笑，很想做一件事情來出氣。什麼話都沒跟人說，他推一艘獨木舟入水，划進湖裡，往一哩外的對岸划去。沒有人發現他。

蘋果門是不能獨自划獨木舟出去的。他尚未通過游泳測驗，也還未通過獨木舟測驗。他這樣做違反了一條營地規則。當他離岸四分之一哩時，在水深的地方，風力增強了，波浪也變高了，獨木舟變得很難操縱。蘋果門心慌意亂。突然，一個浪打來，打得獨木舟掉轉了頭。蘋果門緊靠在他的槳上。然而，他的手一鬆，就失去平衡──獨木舟翻了。蘋果門掉進水裡，他覺得衣服好濕又好重，而且鞋子也把他往下拖，教他幾乎不能露頭在水面上。他本該抓著獨木舟不放的，卻反而向岸上游──這樣做是很傻的。一個浪不偏不倚打到他的臉，他喝了一大口水。

「救命呀！」他尖叫。「救我呀！我要淹死了。淹死了會給這營留下一個臭名。救命呀！救命呀！」

輔導員們衝到水濱。他們跳進獨木舟和划艇，往溺水的男孩划去。有一位輔導員踢掉他的便鞋，縱身入水，向蘋果門游去。布里科先生跑到碼頭，爬上跳水臺，用喊話筒大聲疾呼，指揮援救作業。

「抓著獨木舟，蘋果門！」他吶喊著：「不要離開獨木舟！」

但蘋果門已離開獨木舟。他孤零零一個人胡亂掙扎，浪費他的體力。他確信他很快就要沒頂淹死。他覺得虛弱又害怕。水已經進他的肺部，他支持不了多久了。

第一條離開碼頭的船是畢山姆划的，山姆使出渾身解數拚命划槳；但蘋果門的情況並不樂觀，所有的船都離那孩子很遠。

第一聲「救命呀」傳到營地時，路易士剛好來到木屋的屋角。他立刻看見蘋果門並回應他的求救。

「我不能飛到那邊去，」路易士想，「因為最近我的飛羽正在掉，但我一定能比那些船快。」

拋下他的石板、粉筆和喇叭，路易士嘩啦一聲跳下水，鼓著他的雙翼，踢著他有蹼的大腳，奮勇前進。一隻天鵝，甚至在他不能飛的夏天，也能在水面上快跑。路易士強有力的翅膀鼓風拍擊，他的雙足翻起白浪，真像凌波疾走。不到片刻工夫他已超過全部的船。他趕上蘋果門時，迅速潛下，把長頸對準蘋果門的雙腿間，然

後背著蘋果門浮上水面來。

　　岸上和船上的人一陣歡呼。蘋果門緊抱著路易士的頸子。他在千鈞一髮之際獲救，再過一分鐘他就沒頂了——水會充滿他的肺，他可能當水鬼了。

「謝天謝地！」布里科先生用喊話筒吶喊著：「大功臣，路易士！枯枯兮枯兮營永遠不會忘記這一天！營地的名譽保全了，我們的安全紀錄仍白璧無瑕。」

路易士不大注意沸騰的叫喊。他小心地游到山姆的船邊，山姆把蘋果門拉上船，扶他到船尾的座位上。

「你看起來真滑稽，騎著一隻天鵝，」山姆說：「算你運氣好還活著。你不該單獨划獨木舟出去的。」

但蘋果門一言不發，他嚇壞了，又全身濕透。他光坐著，兩眼直瞪前面，而且從嘴裡吐出水來，呼吸困難。

那天晚上晚餐時，布里科先生要路易士坐在他右手上位。餐畢，他起立發表一篇演說。

「我們全都看見今天湖上發生的事情。蘋果門·史金納破壞一條營規，單獨駕獨木舟出去。船翻了，他要淹死時，天鵝路易士迅速超越全營的人，到達他身邊，馱他起來，救了他的生命。讓我們為路易士熱烈鼓掌！」

孩子們和輔導員都站起來。他們喝采，拍手，又用湯匙敲洋鐵盤。然後他們坐下。路易士顯得很難為情。

「現在，蘋果門，」布里科先生說：「我們希望這次搭救壯舉已使你改變對鳥的意見。頭一天你在這營地時，你告訴我們你不喜歡鳥。你現在覺得怎樣？」

「我覺得胃裡不舒服，」蘋果門回答說：「幾乎要淹死會使你胃裡不舒服，我的胃還有很多湖水在裡面。」

「對，但是關於鳥呢？」布里科先生問說。

蘋果門吃力地想了一下。「嗯，」他說：「我感激路易士救我的命，但我仍然不喜歡鳥。」

「真的嗎？」布里科先生。「那真不尋常了。甚至一隻鳥救了你一條命，你還是不喜歡鳥？你有什麼緣故反對鳥嗎？」

「沒有，」蘋果門回答：「我沒有緣故反對他們，我只是不喜歡他們罷了。」

「好，」布里科先生說：「我猜我們也只好聽其自然了。但本營深以路易士為榮。他是我們最出色的輔導員──一名偉大的喇叭手，一隻偉大的鳥，一位游泳好手，又是一個好朋友。他應該得獎。事實上，我打算寫一封推薦信，請求頒發救生勳章給他。」

布里科先生照他的承諾做了──他寫了一封信。數天後，有一個人從華盛頓帶著救生勳章來。全營觀禮，他把勳章掛在路易士的頸上，和喇叭、石板及粉筆在一起。勳章十分美觀，上面刻著這些字：

　　頒給天鵝路易士
　　嘉勉其以過人勇氣
　　並置自身安危於度外
　　拯救蘋果門‧史金納之命

路易士拿下他的石板寫道：「謝謝你給我這枚勳章。榮幸之至。」

根粉筆；現在我又有一枚勳章。我看起來快像一個嬉痞了。我希望等我的飛羽重新長齊時，我仍飛得起來。」

那天夜裡黑暗降臨時，路易士吹起熄燈號，那是他吹得最美的一次。帶勳章來的人一邊諦聽，一邊觀賞，他幾乎不敢相信他的耳朵和眼睛。回到城裡時，他把所見所聞告訴別人，路易士的聲譽日隆，他的名字傳開了，到處有人在談那隻會吹喇叭的天鵝。

第十三章
夏 走

一把喇叭有三個小活門，它們是為吹奏者的手指設計的。它們看起來像這樣：

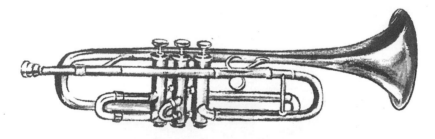

按照正確的順序按下去，吹奏者能吹出音階上全部的音符。路易士常常查看他喇叭上的三個小活門，但一直不能夠使用它們。他每隻腳都有三個前趾，但因他是一隻水鳥，趾間有蹼，蹼妨礙他獨立使用他的三個趾。幸好吹號不需要使用喇叭上的活門，因為號音都是「Do」、「Mi」和「Sol」組成的，一個喇叭手不用按任何一個活門就能吹「Do」、「Mi」和「Sol」。

「假如我能用三個趾來按那三個活門，」他自言自語的說：「我就能吹各種音樂，不僅只是軍號而已。我能吹爵士、鄉村音樂，也能吹搖滾樂。我還能吹巴哈、貝多芬、莫扎特、西貝留斯、蓋希文、歐文伯林和布拉姆斯，每個偉大音樂家的音樂。我能成為一個真正的喇叭手，不僅是營地號手而已。我甚至可能在管弦樂隊裡找到一分工作。」這念頭使他充滿雄心。路易士愛音樂，而且，他已經開始尋找夏令營結束後賺錢的辦法。

雖然路易士喜歡在枯枯分枯分營的生活，但他常想念在蒙大拿上紅石湖的家。他想雙親和兄弟姊妹，也想西琳娜。他深深愛上西琳娜，心中常念著不知她近況如何。夜裡，他會舉頭望星辰思念她。夜深了，大牛蛙在對岸高呼「傳──杯」，聲音傳過寧靜的湖面時，他會

想念西琳娜。有時他覺得憂傷、寂寞和思鄉;然而音樂是他的慰藉,他愛他自己吹奏的喇叭聲。

夏天過得太快了。在營期最後一天,布里科先生召集輔導員發薪水。路易士拿到一百元——他第一次賺到的錢。他既沒錢袋也沒口袋,所以布里科先生把錢放在一個有拉繩的防水袋裡。他把這錢袋掛在路易士頸上,跟他的喇叭、石板、粉筆和救生勳章在一起。

路易士去畢山姆的營帳,看見山姆在整理行李。路易士拿下石板和粉筆。

「我需要另一分工作,」他寫道:「我該到哪裡去?」

山姆在床上坐下來,想了一會兒。然後他說:「去波士頓。也許你能在天鵝船找到一分工作。」

路易士從沒去過波士頓,他也完全不知道天鵝船是什麼,但他點了點頭。然後他在石板上寫道:「幫我一個忙好嗎?」

「沒問題。」山姆說。

「拿一片刀片把我右腳的蹼割開,我的腳指頭才能動。」他伸出他的腳。

「你為什麼要動你的腳指頭?」山姆問道。

「你會明白的,」路易士寫著:「我的工作需要用腳指頭。」

山姆猶豫了一下。然後他向一名比他年長的輔導員借了一片刀片。他在路易士的內趾和中趾間整齊地割了長長一刀,然後在路易士的中趾和外趾間又割了一刀。

「痛嗎？」

路易士搖頭。他舉起他的喇叭，把腳指頭放在活門上，吹出「Do—Re—Mi—Fa—Sol—La—Si—Do。Do—Re—Mi—Fa—Sol—La—Si—Do。鈞賀！」

山姆露齒笑了。「天鵝船會雇用你，一定的，」他說：「你現在是一名真正的喇叭手了。但蹼割開了，游泳會困難些。你會有兜圈子游泳的傾向，因為你的左腳划得比右腳有力。」

「我知道怎樣辦，」路易士寫道：「多謝你的外科手術。」

第二天，露營的人都走了。獨木舟搬進船屋的架子上，浮標都撈上岸，木屋的窗戶都用木板釘起來以防熊和松鼠進入，床墊也都裝進有拉鍊的袋裡；一切都收拾妥當，可過漫長的寒冬了。露營的人中唯有路易士留守。他的飛羽長得很快，但他仍不能飛。他決定要單獨留在營地，到他能飛為止，然後他會直飛波士頓。

湖上沒有孩子，頗為寂寞，但路易士不在乎獨居。接下去三個星期他逍遙度日。他身體長出飛羽，日夜夢想西琳娜，並練習他的喇叭。他整個夏季都聽音樂——好幾個男孩有收音機和留聲機——現在他把聽到的歌用喇叭練習吹奏，每天都有進步。有一天，他為西琳娜作了一首歌，把歌詞和樂曲寫在石板上：

噢，當春天正轉綠，在
堤上大樹幽獨，因愛將教人
憔悴，天鵝令吾人仰慕。

　　他實際上在思念西琳娜，但他不放她的名字進歌詞，而保持超然的語氣。

　　他的羽毛現在漂亮了，他覺得很快活。在九月廿一日，他試試翅膀，翅膀居然載起了他，讓他如釋重負。路易士升上了天空。喇叭撞到石板，石板敲到錢袋，救生勳章叮叮地碰到粉筆──但路易士又扶搖而上了。他一再爬升並朝波士頓飛去，又上天空的感覺眞美妙。

　　「現在飛行比我獲得這些財物之前困難多了，」路易士想。「最好的旅行方法，說眞的，還是行李輕便。但從另一方面來說，我非有這些東西不可。我得有喇叭，如果我要贏得西琳娜爲妻；我得帶著錢袋裝錢才能還父親的債；我得有石板和粉筆以便與人溝通；我也該佩著救生勳章，因爲我眞的曾救人一命，要是我不佩帶它，人家可能會以爲我不領情哩。」

　　飛了又飛，飛近了波士頓。波士頓是麻州的首府，

並以烤豆、鱈魚、茶會、喀波特家、羅厄耳家、索頓史
陶家和天鵝船聞名於世。

第十四章
波士頓

　　路易士從天上一看見波士頓就喜歡它。遠遠在他下面是一條河。靠河有一座花園，花園裡有一座湖，湖裡有一個島。在岸上有一個碼頭，一條形似天鵝的船繫在碼頭上。這地方看起來十分理想，附近甚至有一棟很好的旅館。

　　路易士盤旋了兩匝，然後滑翔下來停在湖上。好幾隻鴨子游上前來看他。這花園稱爲公園。波士頓人人都知道它，都會來園裡長椅上曬太陽，四處散步，餵鴿子和松鼠和搭乘天鵝船。搭船每回大人兩毛五，小孩一毛五。

　　在略爲休息和吃了點東西之後，路易士游到碼頭，爬上岸去。天鵝船收票員看見這麼大的一隻白鳥頸上帶著那麼多東西，似乎大吃一驚。

　　「哈囉！」船夫説。

　　路易士舉起喇叭。「鈞賀！」他回答道。

聽見這聲音，園裡的每隻鳥都抬頭望。船夫跳了起來。波士頓的居民遠在一哩外的都抬頭望並說：「那是什麼？」波士頓沒有人聽見過一隻喇叭手天鵝叫，這聲音給他們留下極深刻的印象。在阿靈頓街麗姿旅社裡用完早餐的人，都放下刀叉抬頭望。跑堂的和聽差也異口同聲的說：「那是什麼？」

全波士頓最驚訝的人，可能是管天鵝船的。他細看路易士的喇叭、錢袋、救生勳章、石板和粉筆，然後他問路易士他要什麼。路易士在石板上寫道：「有喇叭，需要工作。」

「好，」船夫說：「你已經找到一分了。有一條船在五分鐘內離開這裡繞湖遊一圈。你的工作是游在船前，一邊領路一邊吹喇叭。」

「薪水多少？」路易士在石板上問。

「那要等一下才決定，等我們看了你的表現再說，」船夫說：「這僅是試用。」

路易士點點頭。他把東西整齊地掛在頸上，安靜地下水，在船前約一、二公尺的地方就位，靜靜地等。他想知道是什麼原因能使船行。他看不見任何船尾動力機，而且沒有槳。船的前部有長椅供乘客坐，船尾有個形似天鵝的結構·它是中空的，裡面有個座位，像腳踏車的座墊。裡面又有兩個踏板，像腳踏車的踏板。

乘客都登船後，來了一個年輕人。他爬進船尾，坐在天鵝狀中空結構裡面的座位上，開始用腳踏踏板，好像在騎單車。一個明輪開始轉動。船夫解開繫船的繩

索，就在年輕人踏踏板時，天鵝船慢慢駛進湖中。路易士領路，用左腳游泳，用右腳拿著喇叭。

「鈞賀！」路易士的喇叭響了。野性的聲音嘹亮又清新，激起每一個人的熱血。然後，路易士想到他該吹點應景的東西，就吹了一首他在營中聽見孩子們唱的歌。

划，划，划你的船
慢慢順水流；
開心呀，開心呀，開心呀，開心呀，
生活像一場美夢。

天鵝船上的乘客都樂而忘形，太興奮了。一隻真的活天鵝，吹一把喇叭！生活像一場美夢，好呀。多麼有趣！多麼好玩！多麼開心！

「這真是妙極了！」在前座的一個男孩喊道。「那隻鳥跟那著名的喇叭手路易士阿姆斯壯一樣棒。我要叫他路易士。」

路易士聽見這話就游到船邊，用嘴拿著粉筆寫道：「那正是我的名字。」

「嘿，那是什麼？」男孩吶喊。「這隻天鵝還會寫字哩。路易士會寫字，讓我們為他喝采！」

乘客們高聲喝采。路易士又游到前面領路。船緩慢又高雅地繞著島轉，路易士則用喇叭吹奏「溫柔在我心」。這是一個可愛的九月早晨，煙水茫茫，天氣暖

和，樹木初現秋天的色彩。路易士又吹奏「老人河」。

天鵝船停靠碼頭讓乘客下船時，岸上的人們已排成很長的隊伍在等候搭下一班船遊湖。生意興隆起來了。另一條船也準備好，以容納大批遊客。大家都要在一隻吹喇叭的活天鵝後面搭天鵝船遊湖。這是波士頓多年來最大的奇聞。人們喜歡異事奇聞，而天鵝船，有了路易士領航，立刻成爲波士頓最有名的勝景。

路易士爬上岸時，船夫說：「我雇用你，有你吹喇叭，我能利市雙倍，我能利市三倍，我能利市四倍，我能利市五倍，我能……我能……我能利市六倍。總之，我會給你一分固定的工作。」

路易士舉起石板。「薪水多少？」他問道。

船夫環顧四周等候登船的人群。

「每週一百元，」他說：「如果你在船前游泳吹喇叭，我每個星期六付你一百元。成交嗎？」

路易士點頭。那人似乎很高興，但有點困惑。「假如你不嫌我多嘴，」船夫說：「你肯告訴我爲什麼你對錢這麼感興趣嗎？」

「人人如此。」路易士在石板上回答道。

「對，我知道，」船夫說：「人人愛錢。這是一個瘋狂的世界。但，我的意思是，爲什麼一隻天鵝需要錢？你只消低下頭從湖底拔起可口的水草，三餐就有著落了。你需要錢幹什麼？」

路易士擦擦他的石板。「我負債。」他寫道。他想起偷了喇叭的可憐父親，也想起在比林斯那位遭搶劫、

店受損的可憐店東。路易士知道他必須繼續賺錢到能償還全部債務為止。

「好，」船夫說著，轉身又對人群說：「這隻天鵝說他負債。大家登船遊湖！」他開始售票。船夫有好幾條船，全都形似天鵝。每條船很快都客滿，錢像水一樣流進來。

那些天鵝船載著一船船大都是兒童的快樂乘客，整天環繞著湖轉。路易士吹喇叭似乎從來沒有這麼賣力過。他喜歡這工作，他愛娛樂人，又愛音樂。你說船夫有多開心就有多開心。

當一日結束，船都行完最後一程時，船夫向路易士走過去。路易士站在岸上整理他的東西。

「你做得好，」船夫說：「你是一隻好天鵝。我真願老早就請到你了。現在——你打算在哪裡過夜？」

「在這湖上。」路易士寫道。

「嗯，我不知道你要這樣，」那個人不安地說：「好多好多的人對你感到好奇，他們可能為你製造麻煩，壞小孩也可能騷擾你。我不信任那些夜裡在園裡鬼混的人。我想我帶你過街到麗姿旅社替你訂個房間過夜吧！房間乾淨，菜又好。這樣安全些，如此我才有把握你早晨會來上班。」

路易士不大喜歡這個主意，但他同意去。他想：「算了，我從來沒在旅館過夜——說不定這是一個有趣的經驗。」所以他跟船夫一起走。他們離開公園，穿過阿靈頓街，進入麗姿的大廳。對路易士來說，這是漫長

又累人的一天，但他知道他已有一分好工作，又能以音樂家身分在波士頓賺錢，他深感欣慰。

第十五章
麗姿一夜

　　麗姿旅社的櫃臺職員一看見船夫進入大廳，後面跟著一隻黑喙的雪白大天鵝，就十分不悅。這個職員是衣著考究的人，他一身光鮮，頭髮梳得很漂亮。船夫大膽地走到櫃臺前。

　　「我要一間單人房給我這位朋友過夜。」船夫說。

　　職員搖頭。

　　「鳥不行，」他說：「麗姿不接待鳥。」

　　「你們接待名人吧？」船夫問道。

　　「一定的。」職員回答道。

　　「你們會接待理查波頓和伊麗莎白泰勒吧，假如他們想要過夜？」船夫問道。

　　「當然。」職員回答道。

　　「你們會接待伊麗莎白女王吧？」

　　「當然。」

　　「好，」船夫說：「我這位朋友是一位名人。他是

一位著名的音樂家。今天下午他在公園裡大出鋒頭，全園轟動，諒必你已聽見了。他是一隻喇叭手天鵝，吹得跟偉大的阿姆斯壯一樣好。」

職員滿腹狐疑地瞪著路易士看。

「他有行李嗎？」職員問道。

「行李嗎？」船夫大喊道：「你瞧一瞧他！你瞧他帶的東西有多少！」

「嗯，我不知道，」職員說，一面凝視路易士的財物——喇叭、錢袋、石板、粉筆和救生勳章。「鳥就是鳥。我怎麼知道他沒虱子呢？鳥常會有虱子，麗姿不會接待任何有虱子的客人。」

「虱子？」船夫吼叫道。「你這一生看見過更乾淨的客人嗎？你看看他！他一塵不染。」

這時候，路易士在職員面前舉起石板。「無虱子。」他寫道。

職員驚訝地瞪著眼。他開始心軟了。

「不過，我非小心不可。」他對船夫說：「你說他是一位名人。我怎麼知道他有名呢？你可能只是逗著我玩的。」

正在那一刻，三個少女走進大廳來。她們咭咭呱呱又笑又叫，有一個指著路易士。

「他在那邊！」她尖叫道。「他在那邊！我要他的親筆簽名。」

少女們衝到路易士前面。第一個少女拿出一本拍紙簿和鉛筆。

「給我你的親筆簽名，好嗎？」她問道。

路易士接了鉛筆，很高雅地寫了「路易士」在拍紙簿上。

少女們咭咭呱呱笑鬧得更厲害，又一陣風跑走了。職員默默地看著。

「看吧！」船夫説。「他是不是一位名人呢？」

職員猶豫了。他開始盤算著他該給路易士一間房間。

在這當兒，路易士有了個主意。他舉起喇叭吹奏一首名叫「一個小小旅社」的老歌。

他的音色優美。路經大廳的客人停下來聽。職員倚肘在櫃臺上諦聽。那個在報攤後的人也抬起頭來聽。樓上坐在交誼廳裡的人都放下雞尾酒來聽。服務生瞪著眼聽。有好幾分鐘──在路易士吹奏時，大廳内一切都停止了，他教每個聽見的人都入迷。在臥房裡的女服務生歇下工作來聽喇叭。那是此曲只應天上有的一刻。在歌曲結束時，知道歌詞的人都和著輕輕地低唱。

當鐘樓的鐘說：
「晚安，好好安歇。」
我們同向小旅社，說謝謝。

「怎麼樣？」船夫咧著嘴向職員笑問道。「這隻天鵝是不是一位音樂家呢？」

「他喇叭吹得真好聽，」職員說：「但我還有個不便啓齒的問題。他的衛生習慣怎樣？他會把整個房間弄髒嗎？演員已經夠壞，音樂家更糟糕。我不能讓一隻大鳥佔一個床位——這可能害我們關門。別的客人可能會抱怨的。」

「我睡浴缸，」路易士在石板上寫道：「不動床鋪。」

職員把身體的重心從一隻腳移到另一隻腳。「帳單誰付？」他問道。

「我，」船夫說：「我明天一早來等路易士遷出。」

職員再也想不出更多的理由不讓天鵝住宿。

「很好，」他說，「請在登記卡上簽名！」他遞給路易士一枝筆和一張卡片。

路易士寫著：

天鵝路易士
蒙大拿上紅石湖

職員細看卡片，似乎終於滿意了。他召來一名服務生並遞給他一把鑰匙。「領這位先生到他房間！」他下令道。

路易士取下他的勳章、喇叭、石板、粉筆和錢袋，交給服務生。他們一起向電梯走去。船夫告別。

「好好睡，路易士！」船夫喊道：「明早準時來上

班！」

路易士點點頭，電梯門開了。「請進，先生！」服務生說。他們進了電梯等門關上，空中有股濃郁的芬芳。路易士靜靜站著，然後他感覺自己上升。電梯停在七樓，服務生領路易士到一個房間，開了門，護送他進去。

「到了，先生！」他說。「您要不要有一扇窗開著？」

服務生放下路易士的行李，扭開幾盞燈，開了一扇窗，並將房間鑰匙擺在梳妝臺上。然後他等候著。

「我猜他要小費。」路易士想。於是他走到錢袋邊，鬆開拉繩，拿出一塊錢來。

「多謝您，先生。」服務生說著，收了錢。他走出去，隨手把門輕輕關上。路易士終於單獨一人在麗姿的一間房間裡。

路易士從沒單獨在一家旅社裡過夜的經驗。起先他到四處逛逛，胡亂打開又關上一些燈，檢查每一樣東西。在寫字檯上，他發現了幾張信紙，上面印著：

波士頓

麗姿卡爾頓

他覺得一身凌亂又骯髒，於是他走進浴室，爬進浴缸，拉上浴簾，大大沖洗了一番。淋浴的感覺很好，使他想起從前和兄弟姊妹們打水仗。他很小心，不讓一點

水濺出浴缸。洗完後，他站了一會兒工夫，一邊欣賞浴室裡的腳墊，一邊整飭羽毛。然後他覺得餓了。

路易士在臥房牆上找到一個寫著「侍者」二字的按鈕。他把喙放在鈕上用力按。不到幾分鐘，門口有人敲門，接著進來一個侍者。他穿著整齊，發現一隻天鵝在房裡就設法不露出驚異的神色。

「請問要送什麼東西？」他問道。

路易士拿起粉筆。「請送十二分菾菜三明治。」他在石板上寫道。

侍者想了一下，問：「你有客人嗎？」

路易士搖頭。

「你真的要十二分菾菜三明治？」

路易士點頭。

「好的，先生，」侍者說：「你都要加美乃滋嗎？」

路易士不知道美乃滋的滋味如何，但他腦筋轉得快。他擦淨石板，寫道：「一加。十一不加。」

侍者鞠躬離房。半小時後他回來，推一張桌子進房，桌上放著一大盤菾菜三明治，附有餐盤一個，餐刀一把，叉子一枝，湯匙一枝，鹽和胡椒各一小罐，水一杯和餐巾一條，這餐巾摺得十分美觀。此外又有奶油一碟，有好幾片奶油上蓋著碎冰。侍者把一切仔細擺好，然後遞一張帳單給路易士簽。帳單上寫著：

　　菾菜三明治十二份：十八元。

「我的天！」路易士想。「這地方眞貴。我希望明早船夫看見帳單上的餐費時別氣炸了。」

他向侍者借了一枝鉛筆，在帳單上簽了：「天鵝路易士」。

侍者接了帳單就站在那裡等候。

「我猜他要小費。」路易士想。於是他又打開錢袋，拿出兩塊錢，遞給侍者。侍者向他道謝又鞠躬，然後離開。

因爲天鵝頸長，桌子的高度正好適合路易士。他不需要一張椅子，他站著吃晚餐。他嘗一嘗那分有美乃滋的三明治，斷定他不喜歡美乃滋。然後他小心地把每分三明治拆開。他眞想吃的只有荇菜。他把麵包片堆成整齊的兩小堆，將荇菜全刮進餐盤裡，吃了一頓豐盛的晚餐。他沒有碰奶油。渴了，他也不喝杯裡的水，他走進浴室，放了滿盆的冷水，喝冷水。然後他拿起餐巾，把喙擦乾淨，並把桌子推到一旁。他覺得好多了。

單獨在旅社房間裡，給人一種舒適和身爲要人的感覺。路易士覺得很了不起。但他很快就覺得寂寞了。他想起畢山姆，想起枯枯分枯分營，想起父母兄弟和姊妹，遠在蒙大拿老家。他想起西琳娜，他愛的天鵝，不知她現況如何。他在大廳吹奏的那首歌的歌詞又上心頭：

一個小小旅社
有許願井一口；
但願我倆都在那兒。

他想，要是西琳娜能在麗姿這裡和他共享這間旅社，那會有多麼美妙！

侍者在一張桌上留下一分晚報。路易士對頭版瞥了一眼。令他大吃一驚的是他看見一張自己在公園湖裡和天鵝船在一起的照片。一條大標題說：

波士頓為天鵝的喇叭瘋狂

新聞報導開頭說：

城裡來了一隻新鳥，名字叫路易士。他是一隻真的會吹喇叭的喇叭手天鵝。儘管說來令人難以置信，這隻稀有的美麗水鳥已受公園天鵝船管理處雇用，用其悅耳的喇叭娛樂乘船的遊客。今午在他降臨後，萬衆雲集湖濱，他甜美的喇叭聲在波士頓各地都清悅可聞……。

路易士把這篇文章讀完，然後把它從報上撕下來。「畢山姆應該知道這樁事。」他想。從他房間裡的寫字檯上，路易士拿了一枝筆和一張信紙。他寫的信如下：

親愛的山姆：

我正在環境時髦的麗姿過夜。你對波士頓的看法真對——它是一個極令人愉快的地方。我一到就找到工作。我和天鵝船合夥，週薪一百元。你可能對隨函附上的今天剪報感興趣。假如一切順利，我很快就有足夠的錢償還父親欠樂器店的債，然後我便清清白白的擁有一把自己的喇叭。我希望藉熱情地吹奏，

能在我愛的年輕雌天鵝的心中留下良好的印象，然後大家皆大
歡喜——我的父親恢復他的榮譽，比林斯的樂器店獲得賠償，
而我也能娶妻。我希望你平安，我思念你。一個旅社的房間，
儘管有一切便利，卻可能是個寂寞的地方。

你的朋友

路易士

　　路易士在信封上寫了山姆的地址，摺了信，將剪報
裝進去，並在他的錢袋裡找到一枚六分錢的郵票。他封
好信封，貼上郵票，把信丟進房門外的信槽裡。「現在
我要睡了。」他想。

　　他走進浴室，用了洗手間，然後放了滿缸冷水在浴
缸裡。他還是念念不忘西琳娜。要是她在這裡，那會多
麼美妙！在就寢之前，他拿起喇叭吹奏那首他在安大略
為她作的歌：

　　　噢，當春天正轉綠，
　　　在堤上大樹幽獨，
　　　因愛將教人憔悴，
　　　天鵝令吾人仰慕。

　　他儘量低聲地吹，但不到一分鐘房裡的電話響了。
路易士拿起聽筒放在耳邊。

　　「對不起，先生，」不知什麼人說：「但我不得不
請你不要出這麼大的聲音。麗姿不准客人在臥房裡吹奏
銅管樂器。」

120

路易士掛了電話並收起喇叭。然後關燈，爬進浴缸，把長頸捲到右邊，將頭歇在背上，再把喙插進翼下，就躺在那裡，漂浮在水上，他的頭輕輕枕著他的羽毛。不久他就睡著了，夢見春天在北方的小湖，夢見西琳娜──他的真愛。

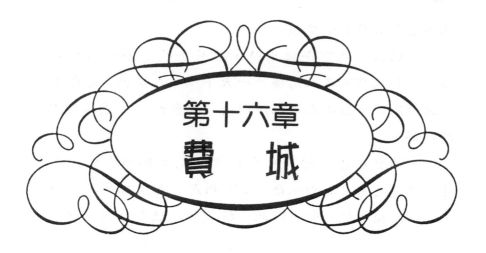

第十六章
費城

　　九月的最後一週，路易士整週為波士頓公園的天鵝船船夫工作。他的表演十分成功，越來越有名氣。到了星期六，船夫給他一百元現金，路易士就把錢小心地放在錢袋內。船夫付了第一夜在麗姿卡爾頓旅社的帳單後，決定讓路易士睡在湖上，不再住旅社。這個安排更適合路易士。他和鴻雁睡在湖上，高雅地漂浮在水面上，他把頭插在翼下。

　　路易士妥善地照顧喇叭。他保持喇叭光亮，每週把喇叭裡的口水清除一次。他隨時學習新歌，辦法是聽別人的收音機和參加音樂會。他記性好，能把聽過的音樂記牢。他真的是一位天生的音樂家——或更精確地說，以他這個案例，他是一位天孵的音樂家。

　　有首他喜歡的歌是「美麗的夢中人，為我醒來吧。」每次吹奏，他都想起西琳娜；而當他吹完時，天鵝船上的乘客總會大聲鼓掌和歡呼。路易士喜歡掌聲，

掌聲使他心情輕鬆愉快。

　　有時候，在下午結束時，路易士吹「如今白日已盡」。他吹得甜美又悲傷。一天下午，在最後一趟帶領乘客遊湖時，他吹奏布拉姆斯的「搖籃曲」，乘客們唱歌和著。

　　一個坐在船上前排的男孩從夾克下掏出一把小氣槍，並對路易士的喇叭發射 BB 鉛彈。每次鉛彈打中喇叭，就發出乓的一聲。因此「搖籃曲」聽起來像這樣：

睡呀睡（乓）晚　安（乓）玫　　瑰　來　點　綴（乓）

　　船上的孩子們聽了都哈哈大笑，但成人的乘客都很生氣。有一個奪走那男孩的氣槍。另一個那天回家就寫了一封信給波士頓環球報，呼籲制訂更嚴格的槍械管制法。

　　有些下午，在一天結束時，人們聚集在湖岸上聽路易士吹熄燈號。那是一幅和平的景象，一段難忘的時光。天鵝船從未享譽如此聲隆，或為船主賺如此多的錢。但路易士知道船不會整個冬季營業。再過幾天，船都會被拉上岸冬藏，靜靜等候春天來臨。

　　一天，路易士在等遊客登船時，一位電信局的信差騎著單車來。

「我有一封電報給天鵝。」他說。

船夫似乎很驚奇，但他還是接了電報交給路易士。路易士迅速打開電報。它是某人從費城打來的。電文說：

有夜總會職週薪五百。聘期十週。

請覆。

亞伯（幸運的）魯凱斯

尼摩旅社

路易士很快算一下。週薪五百，共十週——那就是五千元了。有這五千元就很容易償還父親欠樂器店的債。

他拿起石板寫道：

應聘。明日到動物園鳥湖相見。午後四時五十二分降落。盼此時對你方便。

路易士把回電拿給電信局的人看。他就把它抄在電報表格上。

「對方付費！」路易士寫道。

信差點點頭騎車走了。路易士走回水中，船纜都已解開，路易士領航遊湖。他知道這是他和天鵝船搭檔的最後一次演出，他有點淡淡的離愁。那是一個溫暖、平靜的星期日下午，是九月最後的一個星期日。路易士吹

奏他全部喜愛的曲子：「懶洋洋的河」，「美麗的夢中人」，「轉綠之春」，「如今白日已盡」，然後，在船駛近碼頭時，他舉起喇叭吹熄燈號。

最後一個音符從麗姿的高牆傳來回聲，在公園裡縈繞徘徊。它是哀傷的辭別。對波士頓人來說，它的意思是夏日結束了。對船夫來說，它的意思是生意最好的一週結束了。對路易士來說，它意思是他的冒險生活——出來闖天下，賺錢使父親和自己脫困——中的另一章結束了。那夜路易士睡得很安穩，他早把錢袋小心安放好。第二天他飛往費城赴約，會見打電報給他的魯凱斯先生。

路易士輕而易舉找到費城，幾乎任何想找費城的人都找得到。路易士將他全部的東西掛在頸上，就這麼升空了，到約一千英尺左右，他就跟著鐵路到普羅維登斯、新倫敦、新港、橋港、斯坦福、科司科布、格林威治、徹斯特港、賴爾、馬馬羅內、新洛捷爾、沛冷、佛農山和布隆克斯。當他看見帝國大廈時，向右邊轉，越過哈德遜河，跟著鐵路到紐華克和特稜頓後就轉指向南。四點半時，他抵達斯古吉爾河。在河那邊，他看見了費城動物園。鳥湖在空中看來十分美觀。湖中擠滿各式各樣的水禽——以雁和鴻居多。路易士以為他也看見了兩三隻天鵝。

他盤旋著，挑了一個開闊的地方，而且準確地在四點五十二分降落。他的喇叭撞到石板，石板敲到勳章，勳章碰到粉筆，懸在繩上的粉筆則把自己套在錢袋上。

總而言之，這回降落引起頗大的騷動。湖中的鴻雁並沒料想到像這類的事會發生——一隻又大又白的喇叭手天鵝從天而降，滿身是行李。

路易士沒空留意其他的鳥，他有約要赴。他看見一個人倚在鳥屋前的欄杆上。那人穿著一套紫色的西裝，戴著一頂窄邊尖頂綴翎的軟呢帽。他的臉看起來老練精明，好像懂得一大堆事情，其中很多是不值得懂的。

「那一定是『幸運的』亞伯魯凱斯。」路易士心想。

他很快游過去。「鉤賀！」他透過喇叭喊。

「真榮幸，」魯凱斯先生回答道：「你準時光臨，降落真美妙驚人，歡迎到費城動物園來。這裡有滿園的稀有哺乳類、鳥類、爬蟲類、兩棲類和魚類，包括鯊魚、鱷魚，另外還有像魚的脊椎動物。平常所留心野生的動物——這裡多的是：蛇、斑馬、猴子、大象、獅、虎、狼、狐、熊、河馬、犀牛、土撥鼠、鼬鼠、鴿子和鷗鶊。我很少到這裡來；我的工作把我羈絆在熙攘的城裡，在錢堆裡打滾。我的工作壓力極大。你從波士頓來一路平安嗎？」

「順利，」路易士在石板上寫著：「毫無耽擱。我的工作呢？」

「問得好，」魯凱斯先生回答：「工作從十月十五日開始。合同已經定案。你受雇的地方是一家鼎鼎大名的夜總會，在對岸——一個設備豪華，價格低廉的地方，人人愛去的公共場所。除星期日外，每晚都會請你

亮相，為快活的顧客們吹喇叭。偶爾你也可以加入爵士樂隊，我們就說：『天鵝路易士擔任喇叭手。』薪水非常好。想到薪水我就心花怒放。財富和幸福近在咫尺，讓天鵝路易士和幸運的魯凱斯、菩薩心腸的魯凱斯唾手可得。我的佣金只收一成，小事一樁。」

「我怎樣到夜總會去？」路易士問。魯凱斯先生回答的話，他大約只懂一半。

「坐計程車，」魯凱斯先生回答：「十月十五日晚上九點整，請至動物園的北邊入口處，就是吉樂大道和三十四街路口。那將是一個永生難忘之夜。有一輛計程車會恭候大駕並送你到夜總會。司機是我的朋友。他也處在很大的工作壓力下。」

「誰付計程車錢呢？」路易士在石板上問道。

「我，」魯凱斯先生回答道：「幸運的、菩薩心腸的魯凱斯為天鵝路易士付車錢。順便提一下，我看見閣下帶著一個錢袋，裡面財貨滿豐的。完全基於我菩薩心腸的善意，我建議，在你停留費城的這段期間，把這錢袋交給我妥善保管。這地方小偷和扒手多如牛毛。」

「不，謝謝你，」路易士寫道：「錢袋自管。」

「很好，」魯凱斯先生說：「現在還有另一樁小事務必請你注意。在這豪華鹹水湖上悠游的鳥大都動過手術。坦誠逼使我告訴你，鳥的一邊翅尖通常被管理處剪掉了——這是一種無痛手術，風行全世界的動物園。這稱之為『剪翮』，我想。這就羈絆水禽，使他不能離開這公園狹小的範圍升空，因為有一翅比另一翅短時，鳥

的平衡就失控了，以致起飛的嘗試一定一敗塗地。簡單
的說，鳥不能飛了。事前預料到假如剪你大翼的一個翼
尖，你會大起反感，我前往拜訪管鳥人並向他提出一個
方案。他已同意不剪你的翅，一切都安排好了。他是一
位有信用的人，你活動的自由得到保障，你不會被剪
翮。但爲了回報費城動物園管理處這項大恩，你每星期
日下午在此地湖濱爲費城人，那些鄉巴佬，開一場免費
的音樂會，讓他們輕鬆一下。成交嗎？」

「同意，」路易士寫道：「願開星期日音樂會。」

「好極了！」魯凱斯先生說。「暫時再見！九點請
至北邊入口處！十月十五日。一輛計程車會恭候大駕。
好好吹，可愛的天鵝！你會造就一七八七年立憲大會以
來，費城所發生的最美妙的事情。」

路易士不懂他在說什麼，但他點頭跟魯凱斯先生告
別，向湖中央的島游去。在那兒他上了岸，整理他的東
西，修飾一下羽毛，就休息了。他沒把握會喜歡他的新
工作；他也沒把握他會喜歡魯凱斯先生。但他急需要
錢，而在你需要錢時，你願承受困難和無常。在整樁事
情中，唯一得到好處的是動物園本身。，它似乎是一個
異常美好的地方；路易士毫無讓人剪翅的打算。

「我會打倒任何想碰我的人！」他自言自語。

他很高興看見很多其他水鳥。園中有多種的鴻和
雁。在遠處，他看見三隻喇叭手天鵝，是湖上的老居
民。他們的名字分別是好奇、安樂和無情。路易士決定
等一兩天再跟他們相見。

　　鳥湖四周有一道籬笆。開始工作的那夜，路易士擦亮了喇叭，佩上一切東西，飛過籬笆，並且在北邊入口處著陸。他九點準時到達，計程車已在那兒恭候，正如魯凱斯先生允諾的一樣。路易士上車，被送到他新上任的地方。

第十七章
西琳娜

　　此後十週，路易士發財了。除星期日外，他每晚都到夜總會為顧客吹喇叭。他一點也不喜歡這工作。地方很大，又擠又吵。似乎每個人都嗓門太大，吃得太多，喝得太多。大多數的鳥都喜歡日落時睡覺，他們不要熬夜接待客人。但路易士是一位音樂家，而音樂家都不能挑選工作時間──他們必須在雇主要他們工作時工作。

　　每個星期六夜裡路易士領薪──五百元。魯凱斯先生總是隨侍在側，向路易士拿一成的佣金。在給魯凱斯先生佣金後，路易士還剩四百五十元，他把這錢放進錢袋，跳進在等候的計程車返回鳥湖，大約在凌晨三點左右抵達。錢袋被錢塞得圓鼓鼓的，路易士開始擔心。

　　在星期日下午，如果天氣好，大群的人會聚在鳥湖岸上，路易士就站在湖中央的小島上舉行演奏會。這地方星期日活動原本就不多，以致此事在費城成為一樁盛舉。路易士很重視演奏會。藉由為人們演奏，他換來保

有自由，不被剪翅的權利。

　　每逢星期日他總是在最佳狀態。不吹爵士、搖滾、民謠和鄉村或西部歌曲，他專挑大作曲家——貝多芬，莫扎特，巴哈——作品裡的選曲來吹。這是他在枯枯兮枯兮營聽唱片學會的音樂。路易士也喜愛蓋希文和福斯特的音樂。在他吹「乞丐和蕩婦」裡的「夏日時光」時，費城的人覺得那是他們聽過的最動人的音樂。路易士的喇叭風評那麼好，他曾應邀在費城交響樂團客串表演一次。

　　一天，約在聖誕節前一週，來了一場暴風雨。天空變黑，狂風怒號，作嗚嗚哀鳴聲。窗戶嘎嘎作響，窗葉也從鉸鏈上脫落。舊報紙和糖果紙被風捲起，紛飛像五彩碎紙。園裡很多動物變得坐立不安——象在象屋裡驚恐地仰天高鳴，獅子怒吼並來回地走，黑美冠鸚鵡則尖聲大叫。園丁們東奔西跑，關門關窗，做好所有安全措施，以防狂風的可怕力量。鳥湖的水受有力的強風激盪，有一陣子湖看起來像一片海洋。很多水鳥在小島上尋求保護。

　　路易士在狂風中往湖上游，游到小島的背風面。他迎著風不斷地用腳划，他的雙眼因不明白狂風神奇的力量而炯炯發光；突然，他看見天上有一個物體從雲裡下降。起初，他看不清是什麼。

　　「也許是飛碟。」他想。

　　然後他發現這是一隻大白鳥，拚命掙扎逆風前進。它的雙翼迅速地拍打，頃刻間，嘩啦一聲落下來，撲著

翅到岸上，就攤開來躺在那裡，幾乎像死了一樣。路易
士一而再，再而三地瞪著眼看。最後他再仔細看一眼。

「他看起來像一隻天鵝。」他想。

他果然是一隻天鵝。

「他看起來像一隻喇叭手天鵝。」他想。

他果然是一隻喇叭手天鵝。

「我的天，」路易士自言自語：「她看起來像西琳
娜。她果然是西琳娜。她終於來了。老天應許了我的祈
禱！」

路易士是對的。西琳娜———他思慕的天鵝，遭遇強烈的暴風雨而被吹捲過整個美國。她俯瞰到鳥湖後，拼命飛下來，幾乎因力竭而死。

　　路易士很想立刻衝過去，但他又想：「不行，這樣做不對。她現在根本不能領會我柔情之深和愛意之廣。她太筋疲力竭了。我會等，我會等待時機。我會給她復元的機會，然後我再重修我們的舊誼，讓她認識我。」

　　路易士那夜沒去上班，天氣太壞了。整夜，他都沒闔眼，在他心上人不遠處守望。天亮時，風消了，雲散了。湖水波平，風雨已過。西琳娜動彈一下醒來。她仍非常疲倦，而且很邋遢。路易士離她遠遠的。

　　「我只管等，」他想：「在戀愛時，人非冒險不可。但對一隻太累，累得眼花的鳥，我不想冒險。我不急，我也不擔心。在紅石湖老家時，我沒有聲音；她不理睬我，因為我不能告訴她我的愛。現在，幸虧我勇敢的父親，我有我的喇叭，藉音樂的力量，我會將強烈的愛慕和虔誠的專情打進她心坎去。她會聽見我說『鈞賀』。我會用人人都懂的語言，音樂的語言，告訴她我愛她。她會聽見天鵝的喇叭，她將是我的。至少，我希望如此。」

　　通常，假如有隻陌生的鳥在鳥湖上出現，園丁就會向管鳥的主任報告。然後辦公室就在鳥屋裡的主任就會下令替新鳥剪翮———將他的一扇翅膀去掉翅尖。但是今天，平常照顧水禽的園丁害了流行性感冒沒來上班，沒有人發現一隻新的喇叭手天鵝來了。反正西琳娜也很安

靜，她並沒招惹人注意。湖上現在共有五隻喇叭手天鵝。三隻是原來羈留的天鵝——好奇、安樂和無情。一隻當然是路易士，現在又有新來的西琳娜，她仍非常疲倦，但漸漸復元了。

午後向晚時分，西琳娜自己醒來，看看四周，吃點東西，洗了個澡，然後走出水來站著花了頗長的工夫整飭她的羽毛，顯然她覺得好多了。當她的羽毛都梳平後，她看起來異常的美——雍容、文靜、高雅，而且楚楚可憐。

路易士看見她真的那麼可愛時，發抖了。他又很想游過去說鈞賀，看看她是否記得他；但是最後他有個更好的主意。

「不忙，不忙，」他想：「她今夜不會離開費城。我會去上班，等我下班回來，我會徹夜守在她附近。天剛亮時，我會用一首充滿情愛和愛慕的歌聲叫醒她。在她仍迷迷糊糊時，我的喇叭聲會進入她睡意綿綿的腦袋，用熱情征服她。我的喇叭是她最先聽見的聲音。我會變得不可抗拒。當她睜開眼睛，我會成爲她看見的東西；，從那一刻起，她就會愛上我。」

路易士十分滿意他的計畫並開始接著準備。他游上岸，取下東西，把東西藏在一叢灌木下，然後回到水裡，在水中用餐沐浴。接著他用心地整理羽毛。他想要在次日相會時有最好的儀表。他東飄西盪了一會兒，默想他所有喜歡的歌曲，盤算該吹哪一首在早晨叫醒西琳娜。他最後決定吹「美麗的夢中人，爲我醒來吧。」他

向來愛那首歌，它既憂傷又甜美。

「她會是一位美麗的夢中人，」路易士想：「而且她會爲我醒來，歌詞和情況正好符合。」

他下決心要把這首歌吹得比從前更好。這是他拿手的曲碼之一。他的確知道怎樣美妙地吹奏。有一回，他在一場星期日演奏會上吹這首曲子，費城一家報社的音樂評論家聽到了，第二天報上說：「他的有些音符像陽光照射下的珠寶。他傳達的情感是潔淨、純粹又恆久的。」路易士背誦了這段話，這段佳評令他得意。

現在他焦急的盼望早晨快來，但他還得上夜總會的班。他知道夜會很漫長，而且他會無法成眠。

路易士游上岸去拿他的東西。當他往灌木下看時，大吃一驚──他的勳章在，他的石板和粉筆在，他的錢袋也在，但喇叭在哪裡呢？他的喇叭不見了。可憐的路易士！他的心臟幾乎停止。「啊，糟了！」他對自己說。「啊，糟了！」沒有喇叭，他的一生都毀了，一切將來的計畫都垮了。

路易士因憤怒、恐懼和驚慌而瘋狂。他衝回水裡，在湖中上下到處尋找。他看見遠處一隻小林鴨嘴裡似乎銜著某樣發亮的東西。那是喇叭，不錯！鴨子正在練習吹它。路易士怒不可遏。他掠過湖面，速度比那天他去救蘋果門時還要快。他筆直向鴨子游去，用翅膀迅速往他頭上打了一記，並奪回寶貴的喇叭。鴨子昏倒過去。路易士擦擦喇叭，吹出裡面的口水，把它掛在頸上它該在的地方。

現在他一切都準備就緒。「讓夜來臨！讓時光飛逝！讓早晨來臨，我美麗的夢中人將爲我醒來！」

· · ·

夜終於降臨。九點鐘到了，路易士搭計程車去上班。動物園逐漸安靜，遊客全都回家了，很多動物也都睡了或在打盹。其中有幾種喜歡夜間活動，像獅子、浣熊和犰狳，逡巡著不能安靜下來。鳥湖籠罩在黑暗中，大部分的水禽將頭安放在翼下睡了。在湖的那端，三隻羈留的天鵝——好奇、安樂和無情——都已睡著了。靠近小島，西琳娜，美麗的西琳娜，睡得很沈並在做夢。她白色的長頸優美地倒摺，她的頭枕在柔軟的羽毛上。

路易士凌晨兩點下班回家。他飛過矮籬笆進來，並在西琳娜附近降落，儘量不出什麼聲響。他不想睡，夜色美好清新，聖誕節以前的夜經常是這樣的。微雲連綿不絕地飄過天空，遮掩了小部分的繁星。路易士望著雲，望著睡眠中的西琳娜，並等候白日來臨——一更一更又一更。

最後，東方露出微光。不久，萬物馬上開始甦醒，早晨就要到了。

「這是我的時機，」路易士想：「是喚醒我的真愛的良辰來了。」

他站在西琳娜的正前方。然後他舉喇叭到嘴邊。他略翹起頭，喇叭微微朝上指向天空，那第一道曙光出現的地方。

他開始吹他的歌曲。

「美麗的夢中人，」他吹出：「醒來就我……」

開頭三四個音符吹得十分柔和。然後隨著歌曲進

美　麗　的　夢中人，醒　來　就　我。

星　光　和　露　珠　，爲　你　而　閃　爍。

展，音量逐漸增強；天邊的曙光愈來愈明亮。

每個音符都像一顆光中的寶石。在動物園裡，路易士從來沒有這麼早在黎明時分教人聽見他的喇叭。這聲音似乎充滿了這房舍、動物、喬木、矮樹、小徑、洞穴和籠子的整個世界。貪睡的熊，在他們的岩洞中打盹，突然豎起了耳朵。紅狐躲在他們的穴中，諦聽在光明來時吹奏出的甜美似夢的喇叭聲。在虎屋裡，大蟲都聽見了。在猴屋裡，老狒狒出神地聽著歌曲。

美——麗——的——夢——中——人，

醒——來——就——我。

河馬聽見了，水族箱裡的海豹也聽見了。灰狼聽見了，籠裡的犛牛也聽見了。獾、浣熊、竹節尾長鼻浣

熊、鼬鼠、黃鼠狼、水獺、美洲駝馬、單峰駱駝、白尾
鹿——全都聽見了，他們凝神靜聽，豎起耳朵。條紋羚
羊聽見了，兔子也聽見了。海狸聽見了，沒有耳朵的蛇
也聽見了。袋鼠、負鼠、食蟻獸、犰狳、孔雀、鴿子、
金屋鳥、美冠鸚鵡、火鶴——全都聽見了，全都知道有
件異常的事發生了。

　　費城的人，在窗戶敞開的臥房中醒來，聽見了喇
叭。沒有一位聽見歌曲的人知道，這正是一隻有語言缺
陷的天鵝已征服其缺陷的勝利時刻。

　　路易士根本沒想到動物和人，這群看不見的廣大聽
眾。他的心根本不在熊和水牛，食火雞和蜥蜴，鴿子和
鷗鴉和臥房裡的人那兒。他的心繫在西琳娜，他選擇的
天鵝，美麗的夢中人身上。他是為她，單獨為她個人而
吹奏的。

　　聽到他喇叭的第一個音符，她醒了來。她抬起頭，
伸直長頸，把頭一直抬到最高。她所見的一切令她十分
驚訝，直瞪著路易士看。起初，她幾乎記不得她身在何
處。在她正前方，她看見一隻年輕英俊的雄天鵝，體格
高大魁梧。放在他嘴邊的是一把奇怪的器具——一件她
從沒看見過的東西。聲音從這奇怪的器具出來，教她因
喜悅和歡愛而戰慄。就在歌聲正飄揚，晨曦放光明時，
她已無藥可救地愛上這位把她從夢中喚醒的勇敢喇叭
手。夜間的夢都消逝了，白日的新夢降臨她身上。她知
道她渾身充滿前所未有的快感，就是歡欣、狂喜和驚奇
的感覺。

她從沒看見過一隻更好看的年輕天鵝，她當然也從沒看見過一隻頸上有這麼多財物的天鵝。而且她一生未曾聽過這麼動人心弦的聲音。

　　「歐！」她想。「歐，歐，歐，歐！」

　　曲終了。路易士放下喇叭，鄭重地對西琳娜鞠一個躬；然後他又舉起號角。

　　「鉤賀！」他說。

　　「鉤賀！」西琳娜回答。

　　「鉤賀，鉤賀！」路易士透過喇叭說。

　　「鉤賀，鉤賀！」西琳娜又回答。

　　雙方互相吸引，都覺得被一種神秘的柔情結合在一起。

　　路易士迅速繞西琳娜游一圈。

　　西琳娜迅速繞路易士游一圈。他們似乎覺得有趣。

　　路易士將頸伸入水中，來回使勁地擺動。

　　西琳娜也將頸伸入水中，來回使勁地擺動。

　　路易士撥了一點水到空中，西琳娜也撥了一點水到空中。好像在玩一種遊戲。這是路易士有志竟成的愛；這是西琳娜一見鍾情的愛。

　　然後路易士決定炫耀一番。「我要為她吹我自己的作品，」他想：「就是夏天在營中我為她作的那一首。」他又舉起喇叭。

　　噢，當春天正轉綠，

　　在堤上大樹幽獨，

因愛將教人憔悴，

天鵝令吾人仰慕。

　　音符都清晰純淨，令動物園充滿了美。假如從前西琳娜還有絲毫疑慮，如今她半點也沒有了。她死心塌地地被這位英俊的音樂家，這隻富有又多才的公天鵝迷住了。

　　路易士知道他的計畫已成功。他美麗的夢中人已醒來，而且她已為他醒來。他們永不再分離，此後終生會長相廝守。林中有安靜的小湖，湖畔綠竹叢生，山鳥輕啼的景象湧現在路易士的腦海。他想到春天，築巢和幼鵝的景象。噢，當春天正轉綠！

　　路易士有一次曾聽他父親說深海潛水夫潛到海底深處會發生的事情。在極深處，水壓極大，水中的世界既奇異又神祕，潛水夫有時會體驗到他們稱為「深海情迷」的情況。他們覺得那麼安寧和入迷，他們永遠不想回到水面。路易士的父親曾告誡他。「永遠記住，當你潛到深處，」他說：「這種情迷的感覺能帶領你至死亡。不論你在下面覺得多麼舒服，別忘了回到水面上來，你才能再呼吸！」

　　望著西琳娜，路易士心中暗想：「我想愛就像深海情迷，我覺得那麼好以至於想一直流連在原地。雖然我明明在水面上，我卻正在體驗深海情迷。我從來沒感覺這麼好，這麼神怡，這麼興奮，這麼幸福，這麼有志氣，這麼渴望。假如愛在費城動物園一個十二月的大冷

天裡已是這樣子，想一想若在加拿大一座遙遠的湖上，
當春天來時，愛會是何等風光呢！」

　　這些都是路易士心裡暗自思量的話。他是世上最快
樂的鳥。他終於是一隻真正的喇叭手天鵝。他沒有聲音
的缺陷終於克服了。他很感激他的父親。

　　小心翼翼地，他把頭擱在西琳娜美麗雪白的長頸
上。這樣做似乎很大膽，但她似乎不嫌棄。然後他退
開，西琳娜朝他游去，也小心翼翼地把頭擱在他的頸上
偎倚了片刻，然後她游開。

　　「多麼大膽的事！」她想。「但他似乎不嫌棄。知
道我已找到一位如意郎君，真美妙！一隻我能愛能敬的
天鵝，一隻不僅有音樂才華，又相當富有的公天鵝。瞧
他有那麼多東西！」西琳娜對自己說。她的眼睛把喇
叭、石板、粉筆、錢袋和救生勳章飽看了一頓。

　　「一隻多麼瀟灑的公天鵝！」她想。「一個衣著多
麼入時的傢伙！」

　　他們雙雙向湖的另一端游去，到一個他們能獨處的
地方。然後，缺乏睡眠的路易士就睡著了，西琳娜則吃
早餐並打扮她自己。

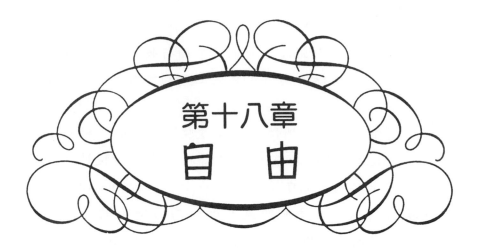

第十八章
自 由

西琳娜抵達鳥湖的消息終於傳到管鳥主任耳裡。他出來看她,十分高興。然後他下令給他的一名園丁。

「你負責今天早晨就爲她剪翅——立刻辦,在她飛離我們之前。那隻天鵝是一隻貴重的鳥。千萬別讓她跑了!」

路易士剛從小寐中醒來,就看見兩個園丁朝西琳娜走來,西琳娜站在靠近裝飾用籬笆的岸上。一個園丁手裡拿著一張有長柄的大網,另一個帶著手術器材。他們慢慢地,悄悄地從背後潛行接近西琳娜。

路易士立刻知道他們想幹什麼勾當。他氣得七竅冒煙。假如這兩個人抓住西琳娜,剪除她一張翅膀的翅尖,他全部的計畫都會泡湯——她永不能和他于飛至一個幽僻的小湖;她勢必終生留在費城,這是一個可悲的命運。

「我能應付這個危機,」路易士想:「我在場時沒

有人能剪我愛人的翅膀。」

　　他連忙趕到小島上卸下東西準備行動。他把喇叭和其他東西扔在一棵柳樹下，然後他回到水裡等候攻擊的良機。

　　拿著網的園丁正悄悄地從後方爬近西琳娜。她沒看見他──她站在那兒，一心夢想著路易士。慢慢地，慢慢地園丁舉起網。就在這時，路易士付諸行動。他放低長而有力的頸項，往前伸直，正如胸前伸出的一根長矛。他對準園丁，風馳電掣凌波前行，他的雙翼鼓風，他的雙腳擊水。剎那間，他趕到現場，把強而有力的喙戳進那個人的褲襠裡。這是瞄得很準的一戳。園丁痛得彎下腰並丟下網。另一個園丁想抓住西琳娜的脖子。路易士用翅膀打他的頭，又猛力一擊，把那可憐的傢伙打倒在地，手術器材飛上天空，大網也掉進水裡。一個園丁呻吟著用手按住屁股上被戳的地方。另一個園丁躺在地上，幾乎被擊昏了。

　　西琳娜很快溜進水裡並高雅地滑開。路易士跟過去，示意她留在湖中。然後他奔回小島，抓起他的喇叭、石板、粉筆、勳章和錢袋，飛過欄杆，勇敢地走進鳥屋。他仍很生氣，直接走到管鳥主任的辦公室，用力敲門。

　　「進來！」一個聲音說。

　　路易士進去。主任坐在辦公桌後面。

　　「你好，路易士！」他說。

　　「鈞賀！」路易士透過喇叭回答道。

「有何貴事？」那人問。

路易士把喇叭放在地上，從頸上取下石板和粉筆。「我在戀愛。」他寫道。

主任在他椅裡往後一仰，並把雙手放在腦後。他臉上有點兒心不在焉的神情。他往窗外靜靜地凝視了片刻。

「嗯，」他說：「你在戀愛，很自然嘛。你年輕，你有才華。再過一兩個月，春天就到了，鳥在春天全都會戀愛的。我想你是在跟我的一隻年輕的天鵝戀愛吧！」

「西琳娜，」路易士寫道：「她前天才來。我從前在蒙大拿老家就有點兒認識她。她也愛我。」

「我一點也不感到意外，」主任說：「你是一隻很不尋常的年輕公天鵝。任何雌天鵝都會為你傾倒。你是一名偉大的喇叭手——頂尖裡的一位。聽見這樁戀愛的事，我很欣慰，路易士。你和你的新娘可以留在這裡的鳥湖上，舒適和安全地養兒育女。這是全美國最老的動物園。」

路易士搖頭。

「我有其他計畫，」他寫道。然後他放下石板舉起喇叭，吹起「人家說戀愛是美妙的……」這是歐文柏林的一首老歌。辦公室裡充滿愛的聲音。主任眼裡是一副做夢的神情。

路易士放下喇叭，又拿起石板。「一兩天內我帶西琳娜一起走。」他寫道。

「不行，你不可以！」主任堅決地說。「西琳娜現在屬於動物園，她是費城市民的財物。她來這裡是天意。」

　　「不是天意，」路易士寫道：「是一場暴風雨。」

　　「不論如何，」主任說：「她是我的天鵝。」

　　「不，她是我的，」路易士寫道：「根據愛的力量──這是地球上最偉大的力量，她是我的。」主任若有所思。「你不能從動物園帶走西琳娜，她永不能再飛了。我的園丁在幾分鐘前已把她的一隻翅膀去了翅尖。」

　　「園丁們想要，」路易士寫道：「但我把他們打倒。」

　　主任看起來很驚訝說：「打得很精彩吧？」

　　「打得很公平，」路易士回答：「他們偷偷地從她後面襲擊，所以我也從後面偷偷地襲擊他們。他們幾乎不知道是什麼打到他們。」

　　「我真願親眼見到這場好戲，」他說：「但你瞧，路易士，你要了解我的處境。我對費城的市民要負責任。在過去兩個月內，我意外地獲得兩隻稀有的鳥──你和西琳娜，兩隻喇叭手天鵝！一隻被狂風吹到這裡，另一隻為了赴夜總會的聘約。整件事情對一個動物園來說十分異常。我身為管鳥主任，對大眾必須負責任，而讓西琳娜留下來就是我的責任。至於你，你當然可以隨時離去，因為魯凱斯先生堅持，只要你舉行星期日演奏會，你就有自由。但西琳娜的案子……啊，路易士，她

的左翼尖必須割掉。動物園不能因爲你在戀愛就喪失一
隻年輕、美麗、有價值的喇叭手天鵝。此外，我想你也
犯了一個大錯。假如你和西琳娜留在這裡，你們會安
全，你們沒有敵人，你們不必爲兒女擔心。沒有狐、沒
有水獺、沒有土狼打算吃掉你們。你們永遠不會挨餓，
你們也永遠不會被射殺。你們永遠不會由於吃了在池塘
和湖泊底的獵槍彈頭而中鉛毒死。你們的幼鵠每年春天
會孵化，而且在安逸舒適中活到老。一隻年輕的公天鵝
還能再要求什麼嗎？」

「自由，」路易士在石板上回答：「安全好是好，
我更愛自由。」寫罷，他拿起喇叭吹「扣上你的外套，
當風自由地吹……」

主任笑了。他百分之百了解路易士的意思。有一陣
子他們兩個都默默無言。路易士把喇叭放在一旁，然後
他寫道：「我請你幫兩個忙。第一，暫延西琳娜的手術
至聖誕節後———我保證她不會企圖逃走。第二，讓我拍
一分電報。」

「好，路易士。」主任回答。他遞給路易士一張紙
和一枝鉛筆。路易士寫了一分電報給畢山姆。電文說：

> 我在費城動物園。這是急事，立刻前來。機票我付，現今
> 我富有了。
>
> 路易士

他把電文和從錢袋裡掏出的四塊錢遞給主任。主任

大爲震驚。他在動物園工作以來，這是第一遭他手下的
鳥請他拍電報。他當然也不知道畢山姆是誰。但他送出
了電報並命令他的園丁在數天內不打擾西琳娜——這也
正是他們樂意做的事。

　　路易士向他道謝後離開。他回到西琳娜身邊，他們
快樂地共度了一天，沐浴、游泳、用餐，並用一千種小
動作表示他們多麼的關愛對方。

　　　　　　　　•　　　　　　•　　　　　　•

　　山姆在聖誕節後那天到動物園。他裝備得好像他要
往森林裡去。在一邊臂膀下有個睡袋，捲得很整齊。背
上有個帆布背包，裡面有牙刷、梳子、一件乾淨襯衫、
一把手斧、一個袖珍羅盤、筆記簿、一枝鉛筆和一些食
物。在他腰帶上還有一把獵刀。山姆現在十四歲了，但
塊頭比十四歲的人還大。他從沒見過一座大動物園而且
和路易士久別重逢，都喜不自勝。

　　路易士向西琳娜介紹山姆。然後他打開錢袋讓山姆
看他賺的錢：百元的、五十元的、二十元的鈔票，還有
十元的、五元的、一元的，以及一些銀幣——一大堆。

　　「天呀！」山姆想。「我希望她不是爲了他的錢才
跟他結婚。」

　　路易士拿起石板告訴山姆他和園丁的打鬥，還有主
任想把西琳娜一翅去尖羈留她。他告訴山姆假如西琳娜
喪失飛行的能力，他一生都完了。他解釋說一旦他父親
的債償清，喇叭就清清楚楚屬於他，他和西琳娜打算離

開文明回到蠻荒。「天空，」他在石板上繼續寫著：「是我的居室，森林是我的客廳，幽靜的湖是我的浴缸，我不能一生永遠在一座籬笆後；西琳娜也不能——她天生不能如此。無論如何我們必須說服主任讓西琳娜走。」

山姆在鳥湖的岸上躺下來，雙手叉在腦後，他仰望廣大的天空，天是湛藍的，有幾小片白雲慢慢飄過。山姆知道路易士對自由的感覺。他躺在那裡想了很久。鴻和雁，一大群受羈留的水禽，來回緩緩游過。他們似乎都快樂又健康。好奇、安樂和無情——三隻喇叭手天鵝——也游過並盯著躺在地上的陌生男孩看。最後山姆坐起來。

「聽著，路易士，」他說：「你覺得這個主意如何？你和西琳娜打算每年孵一窩小天鵝吧？」

「當然啦。」路易士在石板上回答。

「好，」山姆說：「在每一窩幼鵠裡，總有一隻需要特別的照顧和保護。鳥湖會是這隻需要額外安全的小天鵝的理想地方。這是一個美麗的湖，路易士。這是一個很好的動物園，假如我能說服主任讓西琳娜保持自由，你願不願意在鳥湖需要另一隻天鵝時，贈送一隻幼鵠給動物園呢？假如你同意，我馬上就進去見主任談這樁事。」

現在輪到路易士三思了。五分鐘後，他拿起石板。

「很好，」他寫道：「就這麼辦。」

然後他舉起喇叭。「噢，當春天正轉綠，」他吹

道：「在堤上大樹幽獨……」

水禽不游水靜靜聽，園丁不工作靜靜聽，山姆靜靜聽。在鳥屋辦公室裡的主任也放下鉛筆，後仰在椅上靜靜聽。路易士喇叭的聲音在空中飄揚，整個世界似乎更好、更光明、更自然、更自由、更快樂和更如夢幻一般。

「那是一支好曲子，」山姆說：「是什麼曲子？」

「沒什麼，我自己作的曲子。」路易士在石板上寫道。

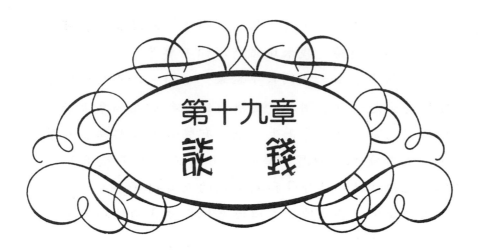

第十九章
談　錢

　　幾乎在每一個人的生命中都有一椿會改變他一生整個前途的事。畢山姆到費城動物園來的那天,是他生命中的轉捩點。在那一天之前,他都不能決定他長大後要做什麼。他一看見動物園,他的疑慮全消失了。他知道他要在一個動物園工作,山姆愛每一種生物,而一個動物園正是生物的大倉庫——幾乎每種生物,蠕動的、爬的、跳的、跑的、飛的、躲的,應有盡有。

　　山姆很想看全部的動物,但他有路易士的問題要先解決。他必須救出被羈絆的西琳娜,於是他拿起帆布背包和睡袋走進鳥屋的辦公室。他走路抬頭挺胸,彷彿他在森林中的小徑一樣。主任喜歡山姆的儀表,並注意到他看起來有點像印地安人。

　　「啊,你就是畢山姆。」主任說。山姆正上前向他走來。

　　「你為什麼來這裡?」主任問。

「來捍衛自由，」山姆回答道：「我聽說你打算剪一隻天鵝的翅膀。我來這裡請求你不要剪。」

山姆坐下來，他們談了整整一小時。山姆向主任保證路易士是一位老朋友。他講大約三年前在加拿大發現天鵝巢的事，講路易士生下來沒有聲音，講路易士在蒙大拿上學校學讀和寫，講路易士的父親老天鵝偷竊喇叭，也講枯枯分枯分營和波士頓的天鵝船等事。

主任十分專心地聽，但他沒把握他會相信這則奇譚的任何一個字。

然後山姆說明讓西琳娜自由，不要把她變成一隻羈留鳥的建議。他說，他認為這對動物園來說是一個好的安排，因為他們隨時要一隻小喇叭手天鵝，路易士就會給他們一隻他的幼鵠。主任聽得很入神。

「你是說你老遠跑到費城來幫一隻鳥？」

「是的，先生，」山姆回答：「我願到任何地方去幫一隻鳥。更何況路易士很特殊，他是一位老朋友。我們上同個學校。你得承認他是一隻不平凡的鳥。」「他的確不平凡，」主任說：「他的星期日下午演奏會是動物園空前最大的號召。我們曾有一隻名叫竹子的大猩猩——現在死了。竹子真棒；但路易士吸引的人比竹子更多。我們有海獅，也會吸引大批的遊客，但完全不能跟路易士在星期日下午吹喇叭相比。人們都風靡了。而且音樂對動物也有益——音樂撫慰他們，他們會忘掉當天的煩憂。路易士走了，我會懷念他。整個動物園都會非常懷念他。但願他肯留下來，和他的新娘一起在這裡

——那真是妙極了。」

「路易士被拘禁在這裡會憔悴，他會死。」山姆回答：「他需要蠻荒的地方——小池塘，沼澤，菖蒲，春天的紅翅山鳥，青蛙的合唱，夜間鷺鷀的啼叫。路易士在追尋一個夢。我們都必須追尋一個夢。請放走西琳娜，先生！請不要剪她的翅！」

主任閉上眼睛。他在想森林深處的小湖，想蘆葦的顏色，想夜間的萬籟和青蛙的合唱。他在想天鵝的巢、蛋，蛋的孵化，和幼鵠排成一行跟在他們父親後面。他在想他年輕時做過的夢。

「好罷，」他突然說：「西琳娜可以放，我們不會剪她的翅。但我怎樣才能確知在我需要一隻小喇叭手天鵝時，路易士會給我一隻呢？我怎麼知道他誠實呢？」

「他是一隻正直的鳥，」山姆說：「假如他不誠實守信，他犯不著出來賺一大堆的錢償還他父親偷走喇叭那家店的店東。」

「路易士到底有多少錢呢？」主任問道。

「他有四千六百九十一元又六角五分錢，」山姆說：「幾分鐘前我們剛數過。他在枯枯兮枯兮營吹號領到一百元，他全部花掉的只有六角錢郵票。所以他帶著九十九元四角到波士頓。然後天鵝船的船夫給他一百元的週薪，但他在他過了一夜的旅社裡花了三元小費。所以在他到達費城時，他有一百九十六元又四角錢。夜總會給他十週五百元的週薪，總共五千元，但他要付五千元的一成給經紀人，他又花了七角五分買粉筆和四元打

電報給我。所以現在總共有四千六百九十一元六角五分。這對一隻鳥來說是一大筆錢。」

「的確是，」主任說：「的確是。」

「但他要爲我付從蒙大拿到費城的往返機票。剩下的總數是四千四百二十元七角八分。」

主任看起來像被這些數字嚇了一跳。

「那對一隻鳥來說仍是一大筆錢，」他說：「他要怎樣處理這筆錢呢？」

「他會把錢交給他父親——老天鵝。」

「他又會怎樣處理這筆錢呢？」

「他會飛回在比林斯的樂器店，把錢給店東，償還喇叭的債。」

「給全部的錢嗎？」

「是的。」

「但一支喇叭不值得四千四百二十元又七角八分。」

「我知道，」山姆說：「但店本身也有點損失。老天鵝像魔鬼一樣撞穿了大玻璃窗，他搗壞了不少東西。」

「對，」主任說：「但仍用不著那麼多錢來賠償呀。」

「我想是用不著，」山姆說：「但路易士今後不再用錢了，所以他要把錢全交給樂器店的店東。」

錢這個題目似乎引起主任極大的興趣。他想到不再用錢會多麼開心。他後仰在椅子裡。他覺得他有一隻天

鵝居然能存了四千多元，錢就在外面，在錢袋裡掛在天鵝頸上，這真是一件難以置信的事。

「談到錢，」主任說，「鳥賺錢比人容易。當一隻鳥賺到一些錢，幾乎全是淨利。一隻鳥用不著上超級市場買一打雞蛋，一磅奶油，兩捲餐巾紙，一分電視餐，一罐清潔劑，一罐番茄汁，一磅半的絞肉牛排，一罐的切片桃子，兩夸脫（容量單位）的脫脂牛奶和一瓶番椒橄欖。一隻鳥用不著付房租或抵押貸款的利息，也用不著向保險公司投鳥壽險，然後每月付保險費。一隻鳥用不著有汽車，買汽油機油，付修車費，開車到洗車店花錢請人洗車。鳥獸都很幸運，他們不會不斷置產，像人一樣。你能教一隻猴子開一輛摩托車，但我從來沒看過一隻猴子出去買一輛摩托車。」

「對，」山姆回答：「但有些動物的確喜歡置產，雖然他們一毛錢也不花。」

「例如什麼？」主任問道。

「一隻碩鼠，」山姆說：「一隻碩鼠會為自己布置一個家，然後把各種小物品搬回家來——都是些零碎的雜物。他看見什麼就要什麼。」

「你對了，」主任說：「你完全正確，山姆。關於動物你似乎懂得很多嘛。」

「我喜歡動物，」山姆說：「我愛觀察他們。」

「那麼跟我來，我們一起去探訪動物園，」主任一邊說，一邊站起來：「我今天不想再辦公了。我帶你去看動物園。」於是他們走了，他們兩個一起走了。

那天夜裡山姆得到特殊的許可，睡在主任的辦公室。他在地板上攤開睡袋爬進去。載他回家的飛機會在早晨起飛，現在山姆滿腦子都是他在動物園看見的東西。在他關燈之前，他從帆布袋裡拿出筆記簿，寫了一首詩。這就是他寫的東西：

畢山姆的詩

在陸上海上所有的地方裡，
費城動物園最中我的意。
吃很多東西和做一大堆的事，
有一隻軍艦鳥和一隻小地鼠；
有一隻鼴鼠和一隻兩趾樹獺，
兩隻我都喜歡是句良心話。
有隻加拿大鴻和一隻北極熊，
各地的東西都在此地集中。
有很多東西你從來沒看過，
像熱帶蜜熊和密西根狼獾。
動物園你真的該去一去，
新生的紅色袋鼠真有趣，
白尾角馬或白斑鹿也堪覷。
在一座美麗的湖上珍禽多，
有隻大灰狼和一條豬鼻蛇。
有些動物人緣真好，
例如蜂鳥和小海豹。
有出租的小馬，也有猛禽，
每天都有花樣在翻新。

有狼和狐狸，鷸子和鷗鷯，

還有獅子在大坑裡來回跑。

有幽靜的泥塘和寬敞的獸籠，

貪睡的鱷魚和咆哮的老虎在其中。

房舍都乾淨，園丁皆慈悲，

園裡有一隻紅屁股狒狒。

一座管得好的動物園的目的，

是將動物的世界呈獻給你。

　　　　　　　　畢山姆

　　山姆將詩留在主任的桌上。

　　第二天一大早，早在動物園的人來上班之前，山姆已搭飛機離開費城。路易士及西琳娜和他同赴機場，他們要跟他揮別。他們也計畫離開費城，就在當時當地飛回蒙大拿。當機場的人員看見兩隻大白鳥在機場跑道上，他們忙亂了好一陣。在控制塔臺的人警告進入飛機的駕駛員。地勤人員全部衝向路易士和西琳娜，要趕走他們。山姆坐在飛機內一個窗口，隨時可以起飛，他看見了這一切。

　　路易士抓起喇叭。

　　「我們走吧，」他吹道：「飛往遠處的蒼穹！」音符傳遍機場，震驚了大家。他收起喇叭開始向跑道跑，西琳娜緊追在後。就在那時候，山姆的飛機開始滑行，準備起飛。兩隻天鵝傍著飛。他們比飛機早升空，飛得很快。山姆在窗裡揮手。路易士的救生勳章在朝陽中熠

耀發光。飛機飛起來後開始爬升。路易士和西琳娜也爬升得很快。

「再見，費城！」路易士想。「再見，鳥湖！再見，夜總會！」

那架飛機，速度較快，領先了天鵝。他們漸漸落後。有一陣子他們跟著飛機朝西飛。然後路易士用動作向西琳娜表示他要改變航道。他傾向左並轉向南方。

「我們取道南方的路線回家，而且從容地回家。」他對自己說。

他們正是這樣從容的飛回去。他們南飛越過馬里蘭、維吉尼亞。他們南飛越過雙卡洛林那。他們在間馬西過夜，看見巨大的橡樹枝幹上掛滿青苔。他們拜訪喬治亞的大沼澤，看見了鱷魚並聆聽百舌的鳴聲。他們飛越佛羅里達並在彎流地裡度過了數天，那兒有鴿子在杉林中哀鳴，小蜥蜴在陽光中爬行。他們朝西進入路易士安那。然後他們轉北朝向他們在上紅石湖的家。

這是多麼榮耀的衣錦還鄉！離開蒙大拿時，路易士分文不名。現在他富有了。離開時，他籍籍無名，現在他有名了。離開時，他孤苦零丁，現在他有新娘在旁——正是他心愛的天鵝。他的勳章掛在頸上，他寶貴的喇叭在微風中飄揚，他辛苦賺來的錢在袋中。他完成了他計畫做的事，一切都在短短數月間完成！

自由的感覺真美妙！愛的感覺真好！

第二十章
比特斯

在正月裡一個天高氣爽的日子，路易士和西琳娜回紅石湖的家。從成千上萬的水禽中，他們很快找到自己的親人——他們的父母和兄弟姊妹。這趟回家可真熱鬧，大家都想立刻問好。鈞賀，鈞賀，鈞賀！遊子終於返家了。

路易士的父親，老天鵝，發表了一篇優美的演說——長是頗長，但誠懇。

路易士舉起喇叭吹「我的家庭真可愛，整潔美滿又安康！」關於路易士說服西琳娜為妻的事，水禽間議論紛紛，大家都向這對幸福的夫妻道賀。路易士和西琳娜的兄弟姊妹都聚在四周，圍觀路易士的財物。這些世俗的東西給他們一個深刻的印象。他們喜歡救生勳章，他們愛喇叭的聲音，他們都急著要看錢袋裡的錢。但路易士沒有打開錢袋。他把父母親帶到一邊，三個都離水上岸。在岸上路易士解下頸上錢袋，一鞠躬，把錢袋交給

老天鵝。共有四千四百二十元八角七分。

　　然後路易士拿起石板，寫了一分短束給比林斯樂器店的店東，以便他父親到達該地時有東西給那個人看。信上說：

比林斯店東敬啓者：

隨函請查收美金四千四百二十元八角七分整，作爲清還喇叭和賠償貴店損失之款。

前此造成甚多不便，特此致歉。

老天鵝不會數錢，也不識字，但他接了錢袋和石板掛在頸上。他深信這一回他能償清偷拿喇叭的債務。

　　「我要走了，」他對妻子說：「我將贖回我的榮譽。我將回到比林斯，我犯罪的現場──一個偉大的城市，充滿了生命──」

　　「我們從前聽過了，」他的妻子說：「拿著錢和信盡快趕往比林斯去罷。你一到那兒，可千萬要小心！樂器店的店東有把槍。他會記得上回他看見一隻天鵝向他衝來時而遭搶劫。所以當心你自己！你擔當的是一件危險的任務。」

　　「危險！」老天鵝說：「我迎接危險和冒險！危險是我的別號。我願冒生命的危險去贖回我的榮譽，挽回我的體面。我將還清我的債務，洗刷掉玷辱我名的汙點。我將永遠消除因偷竊而來的羞恥。我將──」

　　「要是你不肯閉嘴，」他的妻子說：「在店打烊

前，你是不會趕到比林斯的。」

「你總是對的，跟平常一樣。」公天鵝回答。他為飛行把錢袋和石板調整了一下。然後他起飛上天朝東北飛去，飛得快又高。他的妻子和兒子目送他到看不見為止。

「多麼好的一隻天鵝！」他的妻子説：「你有一個好父親，路易士。我希望他平安無恙。老實説，我眞擔心。」

‧　　　‧　　　‧

老天鵝飛得既快又遠。當他看見比林斯的教堂、工廠、商店和住宅時，他盤旋了一圈，然後開始向下滑翔──直朝樂器店。

「我的時刻來了，」他對自己説：「關鍵時刻近在眉睫。我將馬上無債一身輕，唉！這麼多個月來，我一直籠罩在羞恥和不名譽的陰影下，這回就如撥雲霧重見天日一般。」

老天鵝已被下面的人看見。樂器店裡有一名店員正站在前窗旁往外望。當他看見大白鳥來臨，他對店東大喊：「大鳥來了。快拿槍！」

店東抓了獵槍跑上人行道。公天鵝在低空中，向樂器店滑翔過來。

店東舉起槍，迅速連續發射了兩槍管子彈。老天鵝左肩感到一陣刺痛，死亡的思緒充滿他的心中。回頭一望，他看見一滴鮮紅的血落在胸口。但他勇往直前，仍

向店東飛去。

「大限近了，」他對自己說：「我將在執行任務時死去。我只剩短短數刻可以活。人，以其愚昧，給我一個致命的創傷。鮮紅的血從我血管裡不絕如縷地流出來，我氣衰力竭；但即使在死亡的最後一刻，我也要把這筆錢送到店東手裡。再見，生命！再見，美麗的世界！再見，北方的小湖！永別了，我熟悉的春天，充滿了柔情和狂熱！永別了，忠貞的愛妻和孝順的兒女！我，在彌留之際，向你們致敬。我必須高雅地死去，才不愧為一隻善終的天鵝。」

說著，他摔倒在人行道上，把錢袋和石板拿給瞠目詫異的店東，並在看見自己的血後昏迷過去。他軟趴趴躺在人行道上，顯然是一隻臨死的天鵝。

一群人很快聚攏來。

「這是什麼？」店東高喊道，俯身在鳥上。「這是怎麼一回事？」

他很快看了石板上的信束。然後他撕開錢袋，把百元和五十元的大鈔抽出來。

一名警察趕到現場，排開眾人。

「往後站！」他吶喊著：「天鵝受傷了，給他空氣！」

「他死了，」一個小男孩說：「鳥死了。」

「他沒有死，」店員說：「他嚇昏了。」

「叫救護車！」人群中有位女士尖叫。

一小攤血聚集在老天鵝頸下，他似乎毫無生氣。就

在那時，來了一名狩獵管理員。

「誰射了這隻鳥？」他質問道。

「是我。」店東說。

「那麼你被捕了。」管理員說。

「爲什麼？」店東問道。

「因爲射了一隻喇叭手天鵝。這些鳥受法律保護，你不可以開槍打一隻野生的天鵝。」

「別忙，」店東回答：「你也不可以逮捕我。我正巧認識這隻鳥，他是個小偷。你該逮捕的是他。他從前來過這裡，還從我店裡偷走一把喇叭。」

「叫救護車！」女士叫喊道。

「你手裡拿的是什麼東西？」警察問道。店東連忙把錢塞進錢袋，並將錢袋和石板放在背後。

「來呀，拿給我看！」警察說。

「我也要看看。」管理員說。

「我們全都要看！」人群裡有個漢子喊道：「袋裡是什麼東西？」

店東乖乖地把錢袋和石板遞給狩獵管理員。管理員站好，戴上眼鏡，高聲地宣讀信束：「比林斯店東敬啓者：隨函請查收美金四千四百二十元八角七分整，作爲清還喇叭和賠償貴店損失之款。前此造成甚多不便，特此致歉。」

念到錢的數額時，人群裡發出嘖嘖的聲音，大家立刻議論紛紛。

「美國公民自由聯盟呢？」一位男士提議。

「叫救護車！」女士叫喊道。

「我非把那筆錢帶回警察局不可，」警察說：「這是一件複雜的案子，任何事一扯上錢就複雜。我必須把這筆錢妥善保管到案情水落石出爲止。」

「不行，你不可以！」狩獵管理員說：「錢是我的。」

「爲什麼？」警察問道。

「因爲──」管理員回答。

「因爲什麼？」警察再問。

「因爲法律說這鳥在我的監護權之內。錢在鳥身上，所以錢該歸我保管至事情解決爲止。」

「喔，不行，你不行！」店東生氣地說：「錢是我的。這石板上分明這麼說，四千四百二十元八角七分整是我的。沒有人能從我手裡把錢拿走。」

「有，有人！」警察說：「就是我。」

「不，是我，」狩獵管理員說。

「這裡有哪一位是律師嗎？」店東問道。「我們現在就地解決這件事情。」

一個高大的人走上前來。

「我是雷基熊法官，」他說：「我來判這件案子。好了，誰看見這隻鳥飛來？」

「我！」店員說。

「叫救護車！」女士尖叫道。

「我也看見鳥了。」一個名叫高忌雪的小男孩說。

「好，」法官說：「發生了什麼事，把你看見的一

一從實說來。」

　　店員先講。「是的，」他說：「我正往窗外望，看見一隻天鵝飛來。於是我驚叫。老闆拿了他的槍就開槍，鳥就掉下來在人行道上，有一兩滴的血。」

　　「你看見這隻鳥有任何特殊的東西嗎？」雷基熊法官問道。

　　「他帶著錢，」店員回答道：「你不常見鳥身上有錢，所以我注意到了。」

　　「好極了，」法官說：「現在我們讓高忌雪把他看見的告訴我們。描述你看見的一切，忌雪！」

　　「是的，」小男孩說：「我那時口很渴，所以我要到一家糖果店買點東西喝。」

　　「請只告訴我們你看見的，忌雪，」法官說：「不管你有多麼口渴。」

　　「我正在街上走著走著，」忌雪接著說，「因為我那時口很渴，所以我在街上走要到一間糖果店去買點東西喝，就在那裡，在天上，突然有一隻大白鳥在我上面的天空，他就像這樣從天上滑下來。」忌雪伸出手臂模仿鳥的樣子。「所以我一看見大鳥我就忘掉我口很渴，而且很快這隻大鳥，他真的好大，就在人行道上，他就死了，而且所有東西上面都是血，那就是我看見的一切。」

　　「你看見這隻鳥有任何特殊的東西嗎？」雷基熊法官問道。

　　「血。」忌雪說。

「有別的嗎？」

「沒有，只有血。」

「你聽見槍聲嗎？」

「沒有，只有血。」忌雪說。

「謝謝你！」法官說。「問案完畢。」

就在那時警報開始哀鳴——嗚噢，嗚噢，嗚噢。一輛救護車一路尖叫著開來，它在人群前停住，有兩個人

從車裡跳出來，他們抬著一個擔架放在天鵝身邊。老天鵝抬頭四顧。「我曾到了鬼門關，」他想：「現在我要返回陽間，我正在復活。我要活下去！我將用強壯的雙翼回到廣闊的天空。我將在世間池塘上再高雅地悠游，聽蛙鳴，欣賞夜間萬籟和白晝的來臨。」

當他想到這些愉快的事情時，他覺得被人舉起來。救護人員把石板掛在他頸上，抬他起來，輕輕放在擔架

上，又把他扛進救護車裡。車頂上有盞紅燈一直在旋轉。有個人把氧氣罩罩在老天鵝頭上，給他一些氧氣。然後，車子製造很多噪音的開往醫院。到了醫院，他被放在病床上，打了一針盤尼西林。一位年輕的醫師進來，檢查散彈槍槍彈打中他的傷口。醫師說傷口膚淺。老天鵝不懂「膚淺」的意思，但聽起來似乎很嚴重。

護士聚在四周。其中有一位為天鵝量血壓，並在一張圖表上寫字。老天鵝已經開始覺得病好了。他躺在床上被護士照顧得很舒服——其中一位還滿漂亮的。醫師為他洗傷口，並在傷口上貼了一塊繃帶。

同時，回到樂器店前人行道上，法官正在宣布他的判決。

「以證詞作為根據，」他鄭重地說：「我把這筆錢判給店東，用來償還他失竊的喇叭和店中的損失。我將天鵝交付狩獵管理員監護。」

「法官大人，」管理員說：「不要忘了店東因射了一隻野生天鵝而要被捕。」

「那就成為非法強行逮捕，」法官明智地說：「店東對鳥開槍是因為怕他的店再遭搶劫。他並不知道天鵝帶錢來償還喇叭，槍是為自衛而開的。大家都無罪，天鵝是誠實的，債已償清，店東發財了，本案終結。」

人群裡響起一陣歡呼。管理員悶悶不樂，警察垂頭喪氣；但店東眉開眼笑。他是一個快活的人，他覺得正義已經獲得伸張。

「我有一件事要宣布，」店東說：「我只留下一部

分的錢，夠賠喇叭和店的修理費就行了。其餘的錢全拿來做好事，可惜我一時想不起哪一件最恰當。有人想得出值得贊助的好事嗎？」

「救世軍！」一名婦人提議。

「不行！」店東說。

「男童軍呢？」一個男孩子提議。

「不行！」店東說。

「美國公民自由聯盟呢？」一位男士提議。

「不行，」店東說：「沒有人想得出我送錢去什麼恰當的地方。」

「奧德邦協會怎麼樣？」一個鼻子尖尖看起來像鳥喙的小傢伙問。

「好極了！你找到了！」店東高喊：「有隻鳥一直善待我，現在我要為鳥做點事。奧德邦協會保護鳥類，我要把這筆錢用來幫助鳥。有些鳥困難重重，他們瀕臨絕種。」

「什麼是絕種？」高忌雪問：「意思是他們臭得要命嗎？」

「當然不是，」店東說：「絕種就是在你消滅時發生的事情——你不再存在，因為已經沒有別的像你一樣的生物了。像候鴿、東部松雞、嘟嘟鳥和恐龍都是。」

「喇叭手天鵝幾乎絕種了，」狩獵管理員說：「有些人，像這個店東瘋子，不斷射殺牠們。幸好現在他們又恢復生機，東山再起了。」

店東狠狠盯著管理員。

「我要說他們果然東山再起了，」他說：「剛才在這裡的那隻天鵝帶著四千四百二十元七角八分整來到比林斯，而且把錢全給我，這果真是一次大好的東山再起。我不能想像他從哪裡弄到那麼多錢，這真是件非常古怪的事。」

店東走回他的樂器店，警察走回警察局，法官走回法院，狩獵管理員上街朝醫院走去，而高忌雪，口仍很渴，繼續長征赴糖果店。其他的人也都散了。

　　　　●　　　　●　　　　●

在醫院裡，老天鵝安詳地躺在床上想美妙的事物。他因仍活著而感激，因解脫債務而寬慰。

天漸黑了，醫院裡很多患者都已入睡。一位護士走進老天鵝的病房打開他的窗子。

數分鐘後她回來為老天鵝量體溫和擦背時，病床卻空空的──病房裡杳無鳥蹤。老天鵝已跳出窗子，展開大翅，穿過寒冷的夜空向家飛去。他徹夜飛越過崇山峻嶺，天明後不久抵家。他的妻子在等待他。

「一切順利嗎？」她問道。

「很好，」他說：「一次不得了的冒險。我被射中了，完全跟你的預言相符。店東拿槍對我開火，我感覺到左肩一陣痛徹心肺的劇痛──左肩，我一向認為是我雙肩比較美的一邊。血從我的傷口如急流奔瀉，我便高雅地墜落到人行道上，就地將錢交出而恢復了我的榮譽和清白。我到了鬼門關前，萬眾雲集，血流滿地。我感

到昏眩，就當著眾人威風凜凜地失去知覺。警察來了
——他們來了好幾打。狩獵管理員成群蜂擁到現場。而
關於錢，當時有一場劇烈的辯論。」

「假如你已不省人事，這些事情你怎麼都全知道
呢？」他的妻子問道。

「好太太，」公天鵝說：「我在講這次旅行的經過
時，希望你不要打岔。看見我危急的狀況，人群中有人
叫了一輛救護車，我被送去醫院，被安置在一張病床
上。我在那裡看起來很美，我的黑喙跟雪白的床單成對
比。在我受難痛苦的時刻，醫師和護士都照顧我並安慰
我。等我告訴你醫師裡有一位來檢查傷勢，並且說傷口
『膚淺』時，你就可以自己判斷我的傷有多嚴重了。」

「據我看，傷得並不厲害，」他的妻子說：「我想
你只是被打破一點皮。假如傷勢真的很厲害，你也不會
這麼快飛回來了。反正呀，不論是否膚淺，我很高興看
見你平安回家就是了。你一走我總會思念你。我不知道
為什麼，但我會。」

說著，她把頭靠在他頸上，並且輕輕推他一下。然
後他們吃早餐，又到結冰湖上沒有冰封的地方游個泳。
最後，公天鵝把他的縚帶撕下來扔掉。

第二十一章
轉綠的春天

　　路易士和西琳娜相愛日深。春來時，他們北飛。路易士佩著喇叭、石板、粉筆和勳章，西琳娜則一物不佩。如今不需工作賺錢，路易士如釋重負，他用不著再掛錢袋在頸上。

　　兩隻天鵝飛得高又快，離地一萬英尺。他們終於到達荒野中的小池塘——路易士孵化的地方。這是他的夢想——攜著愛人返回加拿大，回到他初見天日的地方。他陪著西琳娜從池塘一端到另一端，然後又再來一遍。他指著他母親築巢的小島給她看，也指出畢山姆坐過的木頭給她看。那時他因為不會說畢普，還去扯他的鞋帶哩。西琳娜十分神往。他們在相愛，時節是春天。青蛙從長眠中醒來，烏龜在打過盹後又活了，花栗鼠感到輕暖的和風從樹林間吹過，這正是跟路易士雙親在池塘上築巢育雛那年春天一樣的春風。

　　陽光強而穩定地照著。冰在融化；池塘上露出許多

小塊的水面。路易士和西琳娜感到世界在變；他們也為新生活和新希望而忙。風中有一股氣味，是大地在長冬後醒來的氣味。樹都發出細小的綠芽，芽在膨脹。一個更好，更安逸的季節近了。一對野鴨飛來，一隻白色喉嚨的麻雀來臨並且唱道：「啊，可愛的加拿大，加拿大，加拿大！」

西琳娜選在一座麝鼠穴上築巢。它露出水面的高度恰到好處。麝鼠是用泥和樹枝築穴的。路易士原本希望他的妻子決定在他母親從前築巢的同個地點築巢，但女人家主意多，她們喜歡照自己的主張做事，而且西琳娜也知道自己在做什麼。路易士看見她開始築巢就很開心，也就不在乎築在哪裡。他舉起喇叭到嘴邊，吹一首老歌，開頭的地方是「結婚真愉快呀，結婚呀結婚……」然後他銜了幾根粗草來幫她忙。

雨或晴，冷或暖，兩隻天鵝覺得每天都是快樂的一天。時間一到，蛋都產下來，幼鵝也孵出來了——一共四隻。小天鵝聽到的第一個聲音是他們父親清純、嘹亮的喇叭聲。

「噢，當春天正轉綠，」他吹道：「在堤上大樹幽獨……」

生活在北方森林中幽靜的小池塘裡是歡樂、忙碌又甜蜜的。畢山姆偶爾會來拜訪，那他們就會同享開心的時光。

路易士從來沒忘記他的舊職業，老朋友或他給費城管鳥主任的許諾。歲月如流，他和西琳娜每年春天回到

池塘築巢育幼。每年到了夏末，換毛期過，飛羽重生，幼鵠羽毛初豐時，路易士就帶著全家來一次橫越全美的長途旅行。他先領他們到枯枯分枯分營，就是他救了蘋果門・史金納而獲得勳章的地方。營地因季節過了關閉，但路易士喜歡舊地重遊到處看看，回想那些男孩子，還有他怎樣當營地號手，頭一次賺到一百元。

　　然後天鵝群飛到波士頓，天鵝船的船夫總會盛大的歡迎他們。路易士會擦亮他的喇叭，吹出裡面的口水，又游在眾天鵝船的前面，吹著「划，划，划小船」，費城的人聽到耳熟的天鵝喇叭聲，都成群結隊到公園來。然後船夫會招待路易士和西琳娜在麗姿旅社過一夜，幼鵠則全都自己在湖上過夜，由船夫照顧。西琳娜愛麗姿像心肝寶貝一樣。她吃成打的荇菜三明治，端詳鏡中自己的麗影，在浴缸裡游泳。路易士站在窗口俯覽下方的公園時，西琳娜則往來穿梭，不斷地開燈關燈嬉戲。然後他們兩個都爬進浴缸就寢。

　　從波士頓，路易士會帶著他的一家到費城動物園看鳥湖。這裡，他會受管鳥主任懇懃招待。假如動物園需要在他們蓄養的水禽裡添一隻小喇叭手天鵝的話，路易士會遵照他的承諾，贈送他們一隻幼鵠。往後幾年，費城也是他們會看見畢山姆的地方。山姆一長大成人可以工作，就在動物園找到一個職位。他和路易士一聚在一起就其樂融融。路易士拿出他的石板，他們就大談往事。

　　拜訪費城後，路易士會和他的妻子兒女南飛，看一

看大草原的風光。那兒有短吻鱷魚在沼澤裡打盹，兀鷹在天空中翔翔。然後他們會回家到蒙大拿的紅石湖過冬，在那可愛、寧靜的百年谷中，喇叭手天鵝都覺得安全無憂。

·　　　·　　　·

天鵝的一生想必是很愉快有趣的。路易士的一生特別愉快，因為他是一位音樂家。路易士悉心照顧他的喇叭，他保持喇叭乾淨，而且常花好幾個小時用翅羽的尖端擦拭。他一生都感激他的父親，那隻不顧生命危險，在他最需要時為他取得喇叭的勇敢老天鵝。每回路易士望著西琳娜，他會想起喇叭的聲音是使她願意當他配偶的原因。

天鵝常活到很老。年復一年，路易士和西琳娜逢春就回到在加拿大的同一個小池塘養育兒女。日子都很平靜。在薄暮時分，當幼鵠都睏倦欲眠時，路易士總會舉起喇叭吹熄燈號，正跟多年前在營地中一樣。那飄流過平靜的水面，飛揚上夜空的音符，哀傷又甜美。

一年夏天，畢山姆約二十歲時，他和他父親坐在加拿大的營地裡。他們吃過晚飯了。畢先生坐在搖椅裡搖著，消除釣魚一天的疲勞。山姆在看一本書。

「爸，」山姆說：「『旦暮習性』（crepuscular）是什麼意思？」

「我怎麼會知道呢？」畢先生回答：「我從沒聽過這個詞。」

「它跟兔子有關係，」山姆說：「書上這裡說兔子是一種旦暮習性的動物。」

「很可能意思是膽小，」畢先生說：「不然意思是他跑得像鬼一樣快否則是笨的意思。一隻兔子夜裡會蹲在路中央瞪著你的前燈看，從來不肯讓開，那就是很多兔子被車輾死的緣故。他們都很笨。」

「唔，」山姆說：「我想唯一知道『旦暮習性』意思的辦法是查字典。」

「我們這裡沒有字典，」畢先生說：「等我們回牧場時再說吧。」

正在那時候，在天鵝所在的池塘上，路易士舉起喇叭吹熄燈號，讓他的兒女知道一日已經結束了。風向剛好對，聲音傳過了沼澤。

畢先生不搖搖椅了。

「奇怪！」他說。「我以為我剛才聽到喇叭聲。」

「我不明白你怎麼會聽到，」山姆回答道：「我們是單獨在這森林裡。」

「我知道只有我們，」畢先生說：「反正我以為聽見一把喇叭，或一支號角響。」

山姆暗笑。他從來沒告訴父親在附近池塘裡的天鵝，他獨自守住天鵝的祕密。他去池塘時，總是獨自去。那是他喜歡的方式，也是天鵝喜歡的方式。

「你的朋友路易士怎樣了？」畢先生問：「路易士是一隻喇叭手，你想他會不會就在這附近？」

「那倒說不定。」山姆說。

「你最近有他的消息嗎？」畢先生。

「沒有，」山姆回答：「他已不再寫信了，他郵票用光了，現在沒錢買郵票。」

「哦，」畢先生說：「唉，關於那隻鳥，整件事都很怪異——我從來沒有完全搞明白過。」

山姆向他父親望過去，但見他的眼睛已經閉上，畢先生已經睡著了。世上幾乎沒有半點兒聲響打破森林的寂靜。

山姆也倦了，睏了。他拿出筆記簿，坐在煤油燈下的桌旁，這就是他寫的東西：

> 「今夜我聽見路易士的喇叭，父親也聽見了。風向剛好對，我聽得見熄燈號的號音，正在夜暮低垂的時候。全世界裡沒有比這隻天鵝的喇叭更叫我喜歡的東西。『旦暮習性』的意思是什麼？」

山姆收拾好筆記簿，解衣上床。他躺在床上想「旦暮習性」到底是什麼意思，不到三分鐘他已熟睡了。在天鵝所在的池塘上，路易士收起喇叭，幼鵠爬到他們母親的翼下。黑暗降落在森林、田野和沼澤上。一隻鷺鷀發出他夜間的狂叫。當路易士鬆懈下來準備入睡時，他心裡想的全是他居住在這麼美的大地上是多麼幸運，他能用音樂解決他的問題是多麼幸運；還有，看著又一個可以歇息的夜晚降臨，看著明日新的一天降臨，看著清新的早晨和隨著白天而重返的光，更是多麼令人欣喜。

世界兒童文學經典
天鵝的喇叭

1997年5月初版　　　　　　　　　　　　　　　定價：新臺幣220元
2013年4月初版第八刷
有著作權‧翻印必究
Printed in Taiwan.

著　　　者	Elwyn Brooks White
繪　　　圖	Edward Frascino
譯　　　者	陳　次　雲
發 行 人	林　載　爵

出　版　者	聯經出版事業股份有限公司
地　　　址	台北市基隆路一段180號4樓
台北聯經書房	台北市新生南路三段94號
電話	（02）23620308
台中分公司	台中市北區健行路321號1樓
暨門市電話	（04）22371234 ext.5
郵政劃撥帳戶第0100559-3號	
郵撥電話	（02）23620308
印　刷　者	世和印製企業有限公司
總　經　銷	聯合發行股份有限公司
發　行　所	新北市新店區寶橋路235巷6弄6號2F
電話	（02）29178022

責任編輯	黃　惠　鈴
美術編輯	楊　麗　雯

行政院新聞局出版事業登記證局版臺業字第0130號

本書如有缺頁，破損，倒裝請寄回台北聯經書房更換。　ISBN　978-957-08-1683-9 (平裝)
聯經網址 http://www.linkingbooks.com.tw
電子信箱 e-mail:linking@udngroup.com

國家圖書館出版品預行編目資料

天鵝的喇叭 / Elwyn Brooks White 著 .
Edward Frascino 插畫 . 陳次雲譯 .
--初版 . --臺北市：聯經，1997年
198面；16.4×23.5公分 . --(世界兒童
文學經典)
譯自：Trumpet of the swan
ISBN　978-957-08-1683-9(平裝)
[2013年4月初版第八刷]

874.59　　　　　　　　86004518